Irmtraud Tarr Krüger

Von der Unmöglichkeit, ohne Lügen zu leben

Irmtraud Tarr Krüger

Von der Unmöglichkeit, ohne Lügen zu Leben

Kreuz

Inhalt

Einleitung

Der Begriff »Lüge« birgt mehr in sich, als der erste Blick ihm zutraut. Er gehört zu den Begriffen, denen man den kleinen Finger gibt, und sie nehmen die ganze Hand. Gibt es Menschen, die nie gelogen haben? Kaum. Lüge ist ein Bestandteil unserer Existenz. Man könnte das cartesische *cogito ergo sum* heute so übersetzen: Ich werde belogen, also bin ich; und: Ich lüge und entlarve Lügen, also erhalte ich mich. Sprache bringt auf den Begriff, was Sache ist. Kaum ein Wort hat so unermesslich viele Synonyme wie die Lüge. Ein wahres Blendwerk an Verkleidungen entfacht sich an diesem schillernden Begriff. Da wird getäuscht, geflunkert, verdreht, gefälscht, getürkt, geheuchelt, geschummelt, gemogelt, geprahlt, geschwindelt, übertrieben, verzerrt, entstellt, geblufft, verheimlicht, Theater gespielt, in die Irre oder hinters Licht geführt.

Zu Beginn, als ich sehen wollte, was an der Lüge »dran ist«, war ich einfach neugierig. Erst später merkte ich, dass ich an eine Erfahrung geraten war, die letztlich das gesamte Leben, den Menschen in seiner Menschlichkeit und in seiner Unmenschlichkeit umfasst – vom Liebenden bis zum Henker. Selbst im Paradies war die Lüge. Lüge ist nicht ein spät hervorgebrachtes Kulturphänomen. In der Natur und der Tierwelt zeigt sich die Lüge ebenfalls, so dass man behaupten könnte: Leben heißt lügen.

Die Lüge ist kein Tabu-Thema mehr. So jedenfalls schien es mir. Sooft ich aber in einem öffentlichen Vortrag, im Freundes- oder Familienkreis darüber sprechen wollte, machte ich merkwürdige Erfahrungen. Ich wurde gefragt, ob ich nicht lieber einen anderen, süffigeren Titel wählen könne, um das hässliche Wort »Lüge« zu vermeiden, oder vielleicht lieber ein verwandtes Thema ... und bitte mildernde Umstände! Die vielen Diskussionen und Fragen, die mir auf dem Weg zu diesem Buch begegneten, zeigten eines deutlich: Das Thema ist hoch aktuell. Und worüber man nicht offen sprechen darf, so kann man der wittgensteinschen Sentenz in veränderter Form folgen: »... darüber muss man schreiben.«

»Was treibt Sie, sich damit zu befassen?« »Ich kann mich nicht erinnern, wann ich das letzte Mal gelogen habe.« »Also ich habe mir das Lügen abgeschminkt, für mich ist das kein Thema mehr.« Solche und ähnliche Äußerungen musste ich immer wieder hören, so dass ich mir oft vorkam, als bewegte ich mich zwischen Beichtstuhl und Voyeurismus. Mindestens über die Lüge sollte man ehrlich sprechen, wünschte ich mir, aber ich musste immer wieder erfahren, dass dieses Thema derart scham- und Angstbesetzt und dazu derart komplex ist, dass ich auf meiner Suche nach Erkenntnissen immer mehr in ein Labyrinth geriet, wo es oft nur noch darum ging, den sicheren Ausgang zu finden.

Die Lüge ist nicht, wie harmlose oder geistfeindliche Gemüter annehmen, die Angelegenheit verirrter, unmoralischer oder narzisstisch gestörter Menschen. Sie betrifft uns alle. Sie hängt damit zusammen, welche Wahrheitsfunktion in unserer Kultur in Kraft ist und wie wir unsere Welt und unser Leben auslegen. Deswegen hat es keinen Sinn zu fordern, dass man die Wahrheit um jeden Preis sagen und tun müsse. Es ist schlicht unmöglich.

Wir können unsere Augen auch nicht vor der Tatsache verschließen, dass wir in einem Zeitalter des Luges und des Truges leben. Voran die verlogenen Medien, die uns täglich umgeben, die elektronisch manipulierten Bilder, die nun den perfekten Betrug ermöglichen, weil der Klick mit der Maus keinerlei Spuren mehr hinterläßt, die zensierten TV-Sendungen und eingefärbten Berichte, die Pornos und Kitschfilme, die eine Plastikerotik als Wirklichkeit simulieren. Unsere soziale Welt kommt nicht ohne Simulation, Lug und Trug aus, sie funktioniert scheinbar nur auf einem undurchschaubaren und unentwirrbaren Gewebe aus Unlauterkeit, wo das »So-tun-als-ob« zum universalen Verhaltensmuster geworden ist, um die harten Ecken und Kanten unserer komplexen Wirklichkeit zu glätten. Wie können wir in diesem Gewebe von Simulation und Unlauterkeit noch unschuldig bleiben? Wahrscheinlich brauchen Menschen beides: Wahrheiten und Lügen. Was die Lüge betrifft, so brauchen sie Lügen, die sie selbst erdichten und erfinden dürfen, und nicht solche, die man ihnen auftischt.

Stellen wir uns das Gegenteil vor: eine Welt, die die schonungslose Ehrlichkeit und den ungebrochenen Gefühlsausdruck an deren Stelle setzen würde. Kaum eine gnadenlosere, destruktivere Neuerung ließe sich denken. Denn in der Tat: Wir brauchen das Versteckspiel, die Tarnung, das So-tun-als-ob, damit das Zusammenleben und Überleben in dieser komplexen Welt einigermaßen erträglich wird. Wenn jeder über jeden absolut Bescheid wüßte, wenn jeder nur das bekäme, was er verdient, und umfassende Kenntnis herrschte über die sittlichen, moralischen und politischen Zustände unserer menschlichen Gemeinschaft, würden wir wahrscheinlich erfrieren an der Kälte und Lieblosigkeit, die solch eine schonungslose, gläserne Gesellschaft ausmachte.

Es gibt eine heilsame Vorbeugung und Verhütung durch das Nichtwissen, durch Täuschung, Lüge oder Heimlichkeit, die eine gewisse Berechenbarkeit verbürgt und dafür sorgt, dass wir über uns selbst und den anderen nicht alles wissen, weil sonst noch weniger Liebe unter den Menschen möglich wäre. Alles würde aber einfacher, wenn wir die Augen und Ohren nicht davor verschließen würden, sondern wenn wir einander zuhörten, zuschauten und spürten, um zu wissen, was wir da tun.

Leserinnnen und Leser, die in diesem Buch Anleitungen zum geschickteren Lügen erhoffen oder nach praktischen Tips und Rezepten zur besseren Entlarvung von Lügnern suchen, muss ich enttäuschen. Es geht mir nicht darum, zur Lüge hinzuführen oder dazu anzustiften. Ich halte es ebenso für vergeblich, von der Lüge abzuschrecken oder mit Rezepten und Ratschlägen aufzuwarten – nach dem Motto »Wie werde ich ein ehrlicher Mensch?«

Meine Fragen lauten: Wie steht es um die Lüge? Wie zeigen sich ihre vielen Gesichter? Welche Rolle spielt sie in unserer Kultur? Mich beschäftigt die farbenreiche, produktive und kreative Kraft der Lüge und wie sich in ihr eigentümliche menschliche Wahrheiten ausdrücken. Wer heute in der psychotherapeutischen Praxis steht, weiß nur zu genau, dass der Mensch nur als ein sich in andere einfühlendes gemeinschaftliches Wesen lügen kann. Lügen ist kommunikative Beziehung, und damit stößt man auch auf Leid, Enttäuschung und Verletzung, die durch Lügen angerichtet werden. Wir alle kennen die schmerzliche Erfahrung, in einer Beziehung angelogen und verraten zu werden, und wir leben in der Angst, Opfer von Lüge und Verrat zu sein. Mit dieser Angst müssen wir leben und dennoch vertrauen. Aber vielleicht ist Vertrauen eine Art, mit der Angst zu leben, nicht eine, sich ihrer zu entledigen. Mein eigener Umgang mit Krisen und die Erfahrung aus meiner psychotherapeutischen Praxis mit Lügen, in die sich Menschen selbst hineinmanövrieren, haben dazu beigetragen, eine Art Landkarte der schillernden Wege der Lüge, ein »Lügenalphabet« zu entwickeln, um die Sprache der Lüge besser entziffern und verstehen zu lernen. Das farbenprächtige Phänomen der Lüge legte es geradezu nahe, selbst ein kleines, warmes Leuchtfeuer zu entfachen, das in alphabetischer Reihenfolge als Orientierung gedacht ist, wenn es dunkel und neblig zugeht im alltäglichen Umgang mit der Lüge. Wahrheit ist nicht einfach so zu haben, man muss sich durcharbeiten und sie entdecken. Auch im Alphabet steht erst gegen Ende der Buchstabe W für »Wahrheit«. Eine merkwürdige und tröstliche Koinzidenz!

Leser, die sich auf dieses Thema tiefer einlassen wollen, die bereit sind, die Lüge einmal unter verschiedenen Blickwinkeln und Maskierungen zu betrachten, werden reichlich Material zum Nachdenken finden.

I. Teil:
Was an der Lüge dran ist

Lüge – die geschminkte Wahrheit

Was ist eine Lüge? Oder anders gefragt, was ist lügen? Eine abgenutzte Fangfrage, die Menschen, die keine Antwort geben können, mit denen verstrickt, die keine wissen wollen. »Ein unanständiges Wort«, sagt ein Kind verlegen. »Eine schwierige Frage«, sagt ein Regisseur, »denn ich könnte ja jetzt lügen.« »Darüber red' ich nicht«, meint eine Studentin, »Opium fürs Volk« ein Politiker. Man könnte ein dickes Buch füllen mit Meinungen zur Lüge, das man auch in dem einen Satz zusammenfassen kann: Menschen lügen. Die Lüge gehört zum menschlichen Verhalten. Sie ist zu einem Bewusstseinszustand geworden, der uns selbstverständlich umgibt, und zwar in beiderlei Sinn: als Angst oder Misstrauen, man könnte belogen werden, und als Bereitschaft zu lügen und sich belügen zu lassen.

Zurück zur Frage: Was für eine Handlung ist das Lügen? Berufen wir uns auf den »Vater der Lügenforschung«, auf Augustinus, der als erster den Versuch unternahm, das Problem der Lüge zu analysieren.[1] Nach ihm ist die Lüge eine Aussage mit dem Willen, falsch auszusagen. Das heißt, jemand behauptet oder sagt etwas aus, von dem er glaubt, annimmt oder denkt, dass es falsch sei.[2] Lüge verdreht, verstellt oder verbirgt Wahrheit. Sie bedarf des Willens und der Entscheidung, denn sie ist eine bewusste, gewollte Abweichung von der Wahrheit, eine vorsätzlich trügerische Botschaft, die in irgendeiner Weise ausgedrückt wird. Sie setzt voraus, dass es die Wahrheit gibt und dass wir um die Wahrheit wissen.

Es gibt den sprachlichen Hinweis, dass Lüge abgeleitet ist aus dem altslawischen *lovu,* das Beute bedeutet, und aus dem lateinischen *lucrum,* das Gewinn meint. Wir täuschen und lügen, weil wir mehr haben oder anders sein wollen, weil wir uns steigern und Vorteile verschaffen wollen, weil wir nicht zufrieden sind mit unserem Schicksal, denn das Leben ist niemals genug, um die menschlichen Wünsche zu erfüllen. Im Keim jeder Lüge pulsiert ein Sehnen und Verlangen. Um dieses Verlangen zu befriedigen, verstellen und fälschen wir die Wahrheit, bringen sie zu Fall,wie dies auch im Wort »falsch« herauszuhören ist, erzählen Geschichten, schmücken Erlebnisse und Fakten aus und versuchen mehr zu scheinen als wir sind.[3] Nach Erich Wulffen, einem ehemaligen Staatsanwalt aus Dresden, liegen die Ursprünge der Lüge in der Triebausstattung des Menschen. Die Natur habe ihm nämlich, wie auch den Tieren, einen ursprünglichen Verstellungstrieb mitgegeben, der dem Selbsterhaltungstrieb zu Hilfe kommt.[4] Nach dieser Faustregel funktioniere das Apriori der Lüge.

Lüge und Täuschung werden oft in einem Atemzug genannt, weil beiden die direkte Absicht einer Irreführung zugrunde liegt. Es gibt keine unabsichtlichen Lügen oder Täuschungen. Täuschung im Unterschied zur Lüge beinhaltet aber den Erfolg der Irreführung. Der Glaube, den jemand im anderen erzeugt, muss tatsächlich falsch sein, während es für eine Lüge ausreicht, dass der Lügner glaubt, dass er etwas Falsches sage. Nehmen wir ein Beispiel: Jemand fragt nach dem Bahnhof. Der andere lügt und gibt hinterhältigerweise eine falsche Richtung an. Dennoch stellt sich die Beschreibung als richtig heraus, weil er sich nämlich selbst nicht gut auskennt. Der Lügner hat also beabsichtigt, den anderen zu täuschen. Das Nicht-Zustandekommen seiner Täuschung hat aber nichts daran geändert, dass er gelogen hat. Bei einer Täuschung hingegen muss der Glaube tatsächlich falsch sein, der im anderen erzeugt wird. Belogen werden muss demnach nicht heißen getäuscht sein, es genügt die Absicht des anderen, mich zu täuschen. Kurz gefasst: Jede Lüge ist eine beabsichtigte Täuschung.[5]

Viele Menschen vermeiden das Wort Lüge sogar peinlichst, als wäre es eine Unheilsbeschwörung oder etwas Anrüchiges. Man hat Hemmungen, seine Missbilligung zum Ausdruck zu bringen, stattdessen weicht man auf Vorwürfe oder Beschuldigungen und harmlosere Ausdrücke aus wie »es nicht genau mit der Wahrheit nehmen«, »nicht bei der Wahrheit bleiben«, »flunkern«, »schwindeln«, »verkohlen«, »mogeln«. Wobei die ersten beiden Phrasen eigentlich falsch sind, denn das Gegenteil von Wahrheit ist nicht die Lüge, sondern die Falschheit. Und umgekehrt – das Gegenteil von Lüge ist die Wahrhaftigkeit, weil es die Möglichkeit des Irrtums gibt. So könnte man letztlich sagen, dass sowohl der Wahrheitssuchende als auch der Lügner den Irrtum vermeiden wollen, nur mit dem Unterschied, dass der Wahrhaftige sich um Behauptungen bemüht, die wahr sind. Deshalb muss man auch nicht die Wahrheit kennen, um zu beurteilen, ob etwas eine Lüge ist oder nicht, es genügt zu meinen, etwas sei unwahr, und es als wahr auszusprechen.

Wenn wir die Definition von Lüge noch genauer betrachten, so geht es immer um eine Sache und zugleich um eine Person, gegenüber der man eine Sache vertritt. Die Umgangssprache unterscheidet diese beiden Aspekte sehr genau. Den Sachaspekt bezeichnet sie mit wahr, richtig oder mit unwahr, falsch, den Beziehungsaspekt mit den Begriffen: wahrhaftig, ehrlich oder aufrichtig beziehungsweise unwahrhaftig, unehrlich oder unaufrichtig. Es gibt also einen Unterschied zwischen Unwahrheit und Lüge, zwischen Wahrheit und Wahrhaftigkeit.

Um es an einem Beispiel deutlich zu machen: »Das Restaurant serviert jeden Mittwoch frischen Zwiebelkuchen.« Wenn die Zwiebeln aber aus irgendeinem Grund ausgegangen sind und der Freund das Begehrte deswegen nicht erhalten kann, habe ich nicht gelogen, sondern ihm etwas Falsches gesagt. Dennoch war ich nicht unwahrhaftig. Diese Unterscheidung erklärt nun auch, weshalb die Lüge problematisch ist. Sie unterhöhlt das Vertrauen und die Sicherheit der Menschen untereinander. Ohne ein Minimum an gegenseitigem Vertrauen können wir aber nicht existieren. Vertrauen ist überhaupt die seelische Basis dafür, und sie ist genauso wichtig wie saubere Luft und klares Wasser.

Wozu dann die Lüge, wenn sie doch unser gegenseitiges Vertrauen untergräbt? Brauchen wir die Lüge wirklich? Unterstellt nicht schon die Frage eine allzu pessimistische Sicht? Ist nicht vielmehr anzunehmen, dass der Mensch aus einem tiefen inneren Bedürfnis heraus die Wahrheit sucht und nur bei Not, Angriff, Zurückweisung oder Enttäuschung mit Lügen reagiert? Leider spricht nichts für die These von der dem Menschen innewohnenden Wahrhaftigkeit. Schon eine flüchtige Kenntnis der vielfältigen Formen von Lügen, die im Verlauf der Geschichte praktiziert worden sind, und vor allem die, die sich in der Gegenwart chronisch fortsetzen, belehren uns darüber, dass in uns ein Potential zum Lügen und Täuschen schlummert, das jederzeit abrufbar ist, und das nicht nur in Not- oder Krisenzeiten, sondern auch in ganz unverfänglichen Situationen. Geben wir Wilhelm Busch das Wort:

»Die Selbstkritik hat viel für sich.
Gesetzt den Fall, ich tadle mich,
so hab' ich erstens den Gewinn,
dass ich so hübsch bescheiden bin;
zum zweiten denken sich die Leut,
der Mann ist lauter Redlichkeit;
auch schnapp' ich drittens diesen Bissen

vorweg den andern Kritiküssen;
und viertens hoff' ich außerdem
auf Widerspruch, der mir genehm.
So kommt es dann zuletzt heraus,
dass ich ein ganz famoses Haus.«[6]

Trefflich beschreibt Wilhelm Busch den Gewinn, der in vordergründiger Selbstkritik liegt. Anscheinend ergeben gegenüber der Wahrheit, öffnet sie dem Sprecher über mancherlei Umwege, Schlupfwinkel und Tricks die Pforten für schmeichelhafte Gegenargumente. Obwohl uns schon von Kindesbeinen an beigebracht wird, dass es moralisch gut sei, die Wahrheit zu sagen, und sogar ungesund oder verwerflich, wenn wir uns der Lüge hingeben, greifen wir doch alle zum Mittel der Täuschung und der Lüge. Die Lüge oder die Täuschung, könnte man postulieren, ist eine der Grundsäulen des Alltagslebens, als Krücke oder Sprungfeder wird sie von fast allen Menschen benützt, selbst in Situationen, in denen keine Entlarvung droht. »Alle Kreter lügen«, lautet eine antike Version dieses Faktums, die dem Kreter Epimenides zugeschrieben wird. »Wahr sein – das können wenige! Am wenigsten die Guten« – so eine moderne Version von Friedrich Nietzsche.[7] Weder heute noch am Anfang war also die Wahrheit. Kann es sein, dass selbst unsere moralischen Normen eine Folge unserer lügnerischen Grundtendenz sind? Als Fazit bleibt: »Alle Menschen lügen, wer das Gegenteil behauptet, lügt«, so verkündet unmissverständlich der Titel des Buches von Peter Stiegnitz, der die Lehre von der Lüge, »die Mentiologie«, ins Leben gerufen hat.[8]

Lüge ist nicht gleich Lüge

Erst wenn klar ist, was lügen heißt, kann man sich überhaupt mit sozialen und moralisch-ethischen Fragestellungen auseinandersetzen, denn »Lüge« ist ein Begriff, der nicht streng zu trennen ist von moralischen Auffassungen. Kirchenvater Augustinus (395 n. Chr.) war der erste, der einen klaren Katalog von bösen oder kultivierten Lügen aufstellte, und zwar unter der Fragestellung: Welche Formen von Lügen gibt es, welche sind duldbar, akzeptabel, gut oder sogar erfreulich, und welche schlecht oder schädlich? Augustinus war damit der erste, der Lüge und Täuschung als Möglichkeit und Chance in der Beziehungsgestaltung aufzeigte, die, sofern sie andern nicht schaden, zur Selbstbefragung und Selbsteinsicht führen können. Die Vertreter moralinsaurer Ethik werden den Kopf schütteln, vertritt Augustinus doch eine deutlich entspannte Haltung gegenüber der Lüge und der Lust am Verstellen und Verhüllen. Der Gedanke, Lügen seien vielschichtig, interessant oder gar nützlich, ist also keineswegs neu. Auch neuzeitliche theologische Diskussionen haben die Klassifizierung der Lüge nach ihrer Schwere zum Thema. Und obwohl die Lüge, von wenigen Ausnahmen abgesehen, nach unserem Recht keinen Straftatbestand darstellt (im Deutschen Bundestag gilt sie immerhin als Ordnungsverletzung), sind doch die frühesten Gebote, nicht zu lügen, im Kontext von Rechtsvorschriften zu finden.

Auch heute wird die Lüge, speziell im Hinblick auf Zeugenaussagen und die »Wahrheitspflicht«, immer wieder ausgiebig erörtert, zumal sie bei den meisten Delikten wie etwa Betrug, Meineid, Urkundenfälschung und Wucher eine wesentliche Rolle spielt.

Lügen ist ein Sprechakt, ein Handeln in der Sphäre der

Sprache. Man kann nur lügen, indem man sich der Sprache bedient, sei sie gesprochen, geschrieben oder gedruckt. Lügen geschieht demnach grundsätzlich in einer Beziehung zwischen verschiedenen Kommunikationspartnern. Auch die Selbstlüge, ein Grenzfall der Lüge, wird nach Analogie einer Partnerbeziehung gedacht.

Wie sieht es aber mit den Äußerungen aus, die gestischen, mimischen Charakter haben, also allen körpersprachlichen Äußerungen wie etwa Schulterzucken, Kopfnicken oder -schütteln? Auch sie können Lügen sein, wenn sie sprachliche Äußerungen ersetzen, wie zum Beispiel beim Kopfschütteln oder einer bestimmten Handgeste, die für ein Nein stehen sollen. Anders ist es, wenn jemand im Schlaf spricht, auf der Bühne, im Witz, Scherz oder Spiel. Solange der Redende selbst nicht glaubt, was er sagt, kann man wohl nicht von Lüge sprechen. Letztlich kann man auch Hochstapler, Phantasten oder den Fabuliersüchtigen nicht als Lügner bezeichnen, solange sie sich in ihre Geschichten so hineingesteigert haben, dass sie sie selbst glauben.

Eine nennenswerte Differenzierung von Lügen trifft Gabriel Falkenberg, der zwischen »starken« und »schwachen Lügen« unterscheidet. Unter starken Lügen versteht er jene, bei denen etwas behauptet wird, von dem man überzeugt ist, dass es nicht so ist. Schwach sind Lügen, wenn man etwas aufs Geratewohl behauptet, »aus der Luft greift« oder »ins Blaue hinein« redet und selbst noch nicht entschieden hat, ob man es glaubt oder nicht. Angeberei, Denunziation, Antworten auf Verhörfragen sind typische Beispiele dafür. Von »indirekten Lügen« spricht man, wenn einer die Wahrheit, aber eben nicht »die ganze Wahrheit« gesagt hat. »Harte Lügen« und »weiche Lügen« reichen auf einer Skala der Behauptungsstärke von faustdicker Lüge bis hin zu vager Behauptung. [1]

Allerdings gibt es wie bei jeder Art von Klassifizierungsversuch Mischformen und Übergänge, etwa zu versuchter Lüge wie Verzerrung, Übertreibung, Heuchelei oder Irreführung. Dies macht deutlich, dass der Begriff Lüge innerhalb eines bestimmten Spielraumes vage ist und an den Rändern ausfranst. In der Sprache Altgriechenlands waren übrigens Irrtum, Lüge, Fiktion und Schein zu einer untrennbaren Einheit verschmolzen. Erst im Lateinischen trat das, was bei den Griechen noch zusammenlief, mit *error,* Irrtum, und *mendacium,* Lüge, auseinander. Selbst im Deutschen schreibt Adelung noch 1796 unter dem Stichwort »Lüge«, es könne »Irrtum« bedeuten. Daher kommt es wohl, dass Irrtum und Lüge auch heute noch so häufig in einen Topf geworfen werden. Der mit der Lüge vertraute Politiker Franz Josef Strauß scheint bei seiner Rede am 13. 5. 76 aber keine Definitionsprobleme gehabt zu haben, wenn er kategorisch behaupten konnte: »Lüge heißt, dass jemand in Kenntnis der Wahrheit bewusst die Unwahrheit sagt."

Warum lügen wir?

Unser Alltag ist durchsetzt mit Situationen, die schnelle und effiziente Reaktionen verlangen. Oft bleibt da einfach keine Zeit mehr zu überlegen, ob man nun lügen oder die Wahrheit sagen soll. Was sagt man, wenn man einen Vertreter an der Haustüre abspeisen will? Wie findet man die richtigen Worte, um einer Einladung zu entgehen? Wie begründet man, dass man schon wieder zu schnell gefahren ist oder falsch geparkt hat? Wie antworten Eltern einem Kind auf die Frage, warum sie gestritten haben? Die Versuchung, sich aus Situationen, die einen überfallartig und unvorbereitet fordern, durch Ausreden und schnelle Lügen zu retten, ist groß – oft aus reiner Selbsterhaltung und um den Überforderungen des Alltags auszuweichen.

Aber auch dann, wenn man genügend Zeit hat, zu reagieren, nimmt diese Versuchung keineswegs ab. Man denke nur an die unzähligen geschminkten Steuererklärungen oder den sich epidemisch ausbreitenden Versicherungsbetrug, der zur immer beliebteren Masche geworden ist, um sich und seinen Haushalt für Verluste zu entschädigen, oder um kleine Altschäden am Auto kostenfrei mitreparieren zu lassen. Abenteuerlich sind zuweilen die Geschichten, die da aufgetischt werden. Den teuren Spiegel hat grundsätzlich ein guter Nachbar zerbrochen, den Rotwein ein Freund auf die nagelneue Ledercouch geleert, das teure Service hat ein Kind beschädigt, und auf der Urlaubsreise ist auch noch das nagelneue Radiogerät am Strand kaputtgegangen. Quittungen gibt es nie. Nach dem Motto: »Ist die Anzeige gut frisiert, wird der Schaden repariert« wird mit erlogenen Erklärungen Geld gerafft und unterschlagen, laut Angabe des Freiburger Max-Planck-Instituts vor allem von Menschen, die über eine hohe Schulbildung verfügen.

Ist es möglich, dass jemand lügt, ohne es zu wissen? Ich glaube: Nein. Denn Lügen bedeutet nicht, eine Aussage zu treffen, die falsch ist, sondern eine Aussage, von der man *glaubt,* dass sie falsch sei. Menschen lügen gewöhnlich nicht ohne Grund oder einfach aus heiterem Himmel. Es gibt keine unabsichtlichen Lügen, so wie es etwa unabsichtliche Verletzungen oder Kränkungen gibt. Für Lügen gibt es Motive, Ursachen, Gründe und Absichten. Diesen nähern wir uns, wenn wir fragen: »Warum hast du gelogen?« Grundsätzlich handelt es sich um etwas sehr Menschliches: Die Menschen sind nicht zufrieden mit ihrem Schicksal oder Los, egal ob reich oder arm, ob einfach oder genial, ob berühmt oder unbekannt. Fast jeder wünscht sich ein Leben, das anders ist als das, das er lebt. Diese Unzufriedenheit und dieses Verlangen rufen nach Befriedigung. Das menschliche Leben war und ist niemals genug, um menschliche Sehnsüchte zu erfüllen. Die Lüge als vorübergehender Ersatz und Entschädigung mildert die menschliche Unzufriedenheit und entschädigt für die tragische Situation, dass wir immer mehr begehren und erträumen, als wir tatsächlich erlangen können.

Die Phantasie, mit der wir ausgestattet sind, ist eine janusköpfige Gabe. Sie ist schuld am menschlichen Fortschritt, aber auch daran, dass sich ständig eine Kluft auftut zwischen dem, was wir sind, und dem, was wir gern sein möchten. Aus ihr sind die Kultur, die Kunst, die Poesie, aber auch Gewalt, Krieg und die Lüge hervorgegangen.

Aber Ursache und Anlass schlechthin für die Lüge ist die Angst. Nichts zerreißt die dünne Schicht der Zivilisiertheit über dem Vulkanboden archaischer Reaktionsmuster so elementar wie unsere Angst. *Territus terreo,* ich habe Angst vor der Angst, sagte Augustinus. In der Angst können wir nicht anders als Angst verbreiten – sie ist es, die zur Lüge treibt, und die Lüge ist es, die uns Angst macht. Ein Teufelskreis, aus dem wir nur ausbrechen können, wenn wir in dem Raubtier Mensch wieder Bruder und Schwester entdecken und den Dialog wagen, gelebt als Vertrauen.

Geltungssucht und das Sich-wichtig-Machen sind ein weiterer Motor für Lügen. Zumindest zeitweise können solche Lügen des Eindruckschindens Kleinheitsgefühle und Unsicherheiten abbauen. Besser übertreiben und ein wenig mehr scheinen, um dabei zu sein, als nicht gesehen zu werden und im Schatten zu stehen! Als Person, die immer etwas Interessantes zu berichten hat, erhält man zwar

Publikum, aber man schadet sich letztlich selbst, denn sobald die anderen wahrgenommen haben, dass die Selbstunsicherheit das Motiv der Lügengeschichten ist, projizieren sie auf einen ihre eigenen, immer latent vorhandenen Selbstunsicherheiten. Der Geltungsdrang befestigt sich süchtig im Minutenglück, wobei die Lüge kräftig mitmischt und zu immer neuen Aktivitäten antreibt, weil dahinter ein Überbedürfnis nach Beachtung und Bewunderung steckt. Der fehlende Zugang zur eigenen Person und die Unfähigkeit, sich selbst »auszufüllen«, werden kompensiert durch Scheinerfolge und Abhängigkeiten. Nur schrumpft dabei die Welt immer mehr, denn die Sucht, mehr zu scheinen als zu sein, geht nicht ohne Persönlichkeitsblessuren ab. Das aufgeblasene Selbst führt zum Ausgelaugtsein bis hin zu den gängigen Süchten, die nur weiteren Kraftstoff dafür liefern, sich in der verhängnisvollen Sackgasse festzufahren. Wer sich dazu entschlossen hat, mit dem noch nicht Vorhandenen oder mit Erinnerungen zu schillern und zu brillieren, braucht vor allem einen Vorrat an Selbstüberschätzung und Beharrlichkeit, die sich durch nichts und niemand aus dem Gleichgewicht bringen lassen. Will man oben schwimmen, muss man den Tiefgang meiden!

Weisheit kann nur erfahren, so lehrt uns Mozarts »Zauberflöte«, wer auch schweigen kann. Aber da gibt es den geschwätzigen Herrn Papageno, vielleicht so etwas wie der Archetyp unserer beliebten Talkmaster. Er redet ein bisschen zu gern und lügt auch ein bisschen viel – er brüstet sich mit Heldentaten, die er nur vom Hörensagen kennt. Da er aber in seiner Redseligkeit nicht zu bremsen ist, kriegt er ab und zu mal einen Maulkorb. Wenn er nur manchmal schweigen könnte und seine Probleme nicht dauernd in Redesalven auflösen müsste, könnte er vielleicht viel mehr haben, als er zu träumen wagt ...

Wir können außerdem sagen: Wer nach Macht über andere strebt, greift zur Lüge, um seine Überlegenheit zu demonstrieren und zu genießen. Oder: Wir lügen, um zu herrschen. Die Lüge ist zweifellos ein Mittel, um geistige Überlegenheit zum Ausdruck zu bringen und zur Lenkung und Unterdrückung oder Ausbeutung der weniger Mächtigen und Schlauen. Als Gefangener der eigenen Ohnmachts- und Hilflosigkeitsgefühle muss man sich mit Stärke und Macht ausstatten. Solche Menschen umgeben sich gern mit einschmeichelnden Untergebenen, potenten Autos und teuren Statussymbolen und zeigen sich gegenüber Problemen oder abweichenden Meinungen sehr ungehalten. Machtbesessene haben ihren Lügenkodex, der da heißt: hart zu sich selbst sein und möglichst keine weichen Gefühle zeigen.

Auch der Neid, den so viele auf ihrem Weg nach oben zu benötigen scheinen, das Streben nach mehr – mehr Erfolg, Prestige, Geld, Schönheit – gehört zu den Motiven für die Lüge. Aufmerksamkeit, Anerkennung, die anderen gelten, und gar noch den Berufskollegen, verstehen die Neidgeplagten meist als Herabsetzung ihrer eigenen Person – ein Zeichen ihrer immensen Vergleichsängste. Der Neid, der die Differenz zwischen dem Habenwollen und dem Nichthabenkönnen ausdrückt, ist ein ideales Biotop für die Lüge. Da kann sie sich einnisten und zu Überschreitungen, Verrat und Unterstellungen anstacheln, die allesamt eines gemeinsam haben: Sei bitte nicht besser, schöner oder glücklicher als ich, sonst bin ich weniger wert.

Scham, dieses altmodisch anmutende Gefühl, hat uns weit öfter im Griff, als wir es gern wahrhaben wollen. Bei jedem Ungeschick, Irrtum oder Misserfolg glauben wir als ganze Person zu scheitern oder nichts wert zu sein. Weil Scham sehr schmerzhaft und intensiv sein kann, empfinden die Betroffenen das Bedürfnis, sich dieser Bürde zu entledigen und die erschütterten Grundfesten ihrer Persönlichkeit wieder zu stabilisieren. Die einfachste Bewältigungsmethode ist die Verleugnung, die sich von der Verdrängung insofern unterscheidet, als man das Schlimme wider besseres Wissen so lange bestreitet, bis man selbst daran glaubt, dass es nicht mehr vorhanden sei. Man belügt sich sozusagen selbst, dass überhaupt nichts Schlimmes passiert sei. Auch das Beschönigen oder Bagatellisieren erfordert einen neuen Schwerpunkt weg von der Scham: Die Aufmerksamkeit wird von der beschämenden Erfahrung abgezogen und auf anderes gerichtet. Sich selbst oder andere zu belügen, wenn man beschämt ist, ist ein defensiver Prozess, eine Art emotionaler Ersatz, der das zugrundeliegende Ereignis, nämlich die mit der Beschämung verbundene Zuschreibung des Versagens, überdeckt. Lügen können uneingestandene Scham kurzfristig verdrängen, aber sie erlauben letztlich nicht, sich vom Ursprung der Scham weg und zum anderen hinzubewegen.

Lügen, die andere vor Verletzung, Schmach oder Peinlichkeit bewahren sollen, also Lügen der Rücksichtnahme und des Schutzes, werden von den meisten als am wenigsten verwerflich betrachtet. Häufigste Motive für diese Lügen sind: Man will Versprechungen oder Verpflichtungen einhalten, Geheimnisse wahren, unangenehme Ereignisse wie Tod, Verlust oder Krankheit schonend mitteilen, um Mut zu machen oder Ärgernisse und Kränkungen zu vermeiden. All diese Variationen der Lüge ergeben sich aus höchst menschlichen Beweggründen. Sie alle belegen, dass das Leben ein Kompromiss ist, eine unvermeidliche Häufung von Zugeständnissen, und insbesondere, dass es schlicht unmöglich ist, immer mit der vollen Wahrheit herauszurücken.

Auch der Wunsch, die Privatsphäre zu schützen, ist ein weitverbreiteter Grund für Lügen. Im Alltag machen wir sehr häufig mildernde Umstände dafür geltend, und häufig werden sie – als »Vorwand« – auch von ihren Benutzern und von anderen nicht als Lüge anerkannt. Das beginnt schon bei den Eltern, die sich von ihren lieben Kleinen etwas zurückziehen wollen. Obwohl im gegenseitigen Umgang Offenheit angesagt ist, wird es hier mit der Offenheit plötzlich etwas schwieriger ... Wie hilfreich die Ausrede oder Notlüge sein kann, das wissen wir auch von strapaziösen Festessen, von Urlaubssituationen, von Partys, von anbiedernden Vertraulichkeiten oder vor der Haustüre. Ist es so schwer zu begreifen, dass es menschlicher sein kann, sich zurückzuziehen und den anderen nicht mit seinen Seelenblößen zu traktieren? Privatsphäre ist ein Bedürfnis eigenen Rechts, und dazu gehört auch die menschliche Rückzugs- und Verstellungskunst.

Lüge und Bewusstsein

»Bewusst kann man lügen, unbewusst kann man nicht lügen. Das beweist beispielsweise der Lügendetektor«, schreibt Karl Steinbuch in seinem Buch »Automat und Mensch«.[1] Hier wäre noch hinzuzufügen, dass es in der Gebärdensprache der Gehörlosen äußerst schwierig ist zu lügen. Auch Oliver Sacks, der in seinem Spital viele Aphasiker – Menschen, die an sensiblen Sprachstörungen oder an Sprachlosigkeit leiden – behandelt hat, ist zu dem Schluss gekommen, dass man Aphasiker nicht belügen kann, weil sie durch Worte nicht getäuscht werden können; sie verstehen mit unfehlbarer Präzision den körperlichen Gesamteindruck des Sprechers. Die Fähigkeit zu lügen geht also auf das Konto unseres Bewusstseins, das bekanntlich selbst die trivialsten und alltäglichsten Handlungen mit irreführenden Rationalisierungen und Geschichten zu kommentieren vermag. Wir konstruieren uns nämlich dauernd Zusammenhänge und erschaffen uns die Logik, die wir in unserem Verhalten angeblich erleben. Fragen wir uns selbst: Wie oft täuschen oder belügen wir uns selbst hinsichtlich des Motivs einer bestimmten Handlung?

Nehmen wir ein geläufiges Beispiel: Sie sind unterwegs zu einer Verabredung, und plötzlich streikt Ihr Auto, das Sie an den gewünschten Ort bringen soll. Sie klingen frustriert und ärgerlich, als Sie aus der Telefonzelle anrufen, Ihr Kommen absagen und sich entschuldigen, nicht ohne zu beteuern, wie gern Sie doch dagewesen wären. Zu Hause angekommen, merken Sie plötzlich, wie sich Ihre Nackenmuskeln entspannen und nur noch ein Gefühl Ihren Körper wohlig durchströmt: »Endlich ein freier Abend!« Was bedeutet wohl dieser erstaunliche Wandel? Warum richten wir es so ein, dass wir nicht nur andere, sondern auch uns selbst belügen?

Das Bewusstsein ist schon etwas Seltsames. Es hat dem Menschen die Möglichkeit zum Lügen gegeben, zu unwahren Behauptungen, zu Unstimmigkeiten zwischen dem, was gesagt wird, und dem, was tatsächlich gemeint ist. »Mein Ich lügt«, lautet die moderne Version dieser Erkenntnis. Ist das nicht merkwürdig: Wir täuschen und lügen in dem für das Bewusstsein typischen Sinn so, dass wir nicht nur andere, sondern vornehmlich uns selbst belügen! Die erwähnten Beispiele belegen es: Wer mit seinem Körper eins ist, kann letztlich nicht lügen. Unser Körper erlaubt es uns nicht zu lügen, denn die Bandbreite seiner verräterischen Ausdrucksfähigkeiten ist viel zu groß. Das Ich aber kann es.

Kinder wissen das am besten. Kinder haben ein ausgeprägtes Gespür für Wahrheit und Lüge, deswegen reagieren sie auch gesund und werden mit Recht wütend, wenn man ihnen mit den Worten das eine und mit dem Körper das Gegenteil davon sagt. »Erzähl' nur weiter«, sagt die Mutter zu ihrem Kind, während sie mit Spannung die Nachrichten im Fernsehen verfolgt.

Es ist ein Allgemeinplatz, dass ausgerechnet bei der Verstellung, beim Lügen unser Körper uns »verrät«. Verschränkte Arme, die Verschlossenheit demonstrieren, gekünsteltes Lachen, das die Trauer überspielen soll, geballte Fäuste, die die Wut ausdrücken. Der Sozialpsychologe Robert Rosenthal hat zusammen mit seinen Studenten aufgezeigt, dass bestimmte Aspekte der Körpersprache besser zum Lügen geeignet sind als andere.[2] Der beste Lügner ist unser Gesicht, weit effektiver als unser Körper und selbst die Sprache. Das hängt mit der großen »Sendekapazität« zusammen, das heißt der raschen, offenkundigen und sichtbaren Möglichkeit des Gesichts, Botschaften zu senden. Gesten und Körper sind im Gegensatz dazu weniger kontrollierbar, langsamer und in ihren Aussagen nicht so eindeutig. Das macht den Körper nicht nur weniger effizient beim Lügen, sondern ihn auch anfälliger, verräterische Gefühle bloßzustellen, die man gerade verbergen will.

Die Stimmlage hat zwar mehr Verstellungsmöglichkeiten als der verräterische Körper, aber längst nicht so viele Möglichkeiten wie das Gesicht. Während wir sprechen, bemerken wir offenbar nicht, wie wir über Qualitäten und Veränderungen im Ton unsere Gefühle enthüllen. Noch verräterischer als unsere Stimmlage sind neben Körperveränderungen wie etwa einer unterdrückten Handbewegung Diskrepanzen zwischen Gesichtsausdruck und Stimme. Ein lächelndes Gesicht und gleichzeitig Ärger in der Stimme gehören nach Rosenthal zu den aussagestärksten Hinweisen dafür, dass da zwei »Kanäle« beteiligt sind, die beide schwer zu kontrollieren sind, vor allem, wenn sie gleichzeitig arbeiten. Nehmen wir an, jemand lügt mit überzeugenden Worten, unterstützt sie auch noch durch die entsprechenden Gesten, vergisst dabei aber, auf seine Stimmlage zu achten, so erhält der aufmerksame Beobachter Hinweise, die auf eine Lüge schließen lassen.

Die Symptomatologie der Lüge ist seit dem 19. Jahrhundert ein Teilgebiet der medizinischen Tatbestandsdiagnostik und der Kriminologie. Die Konstruktion sogenannter »Lügendetektoren« (Polygraphen) zur Verbrechensbekämpfung erregte in den USA und auch in Deutschland Aufsehen. Die Anwendung der Polygraphen hat sich aber als nicht zuverlässig erwiesen, da sich die zugrundeliegende Annahme, dass jede Lüge von einem spezifischen Prozess begleitet sei, nicht hat bestätigen lassen, außerdem ergaben sich unüberwindbare Deutungsprobleme bei der Frage, ob die ablaufenden Prozesse als Symptome für eine Lüge oder als Symptome für Nervosität, Angst oder Aufregung anzusehen seien. Folgender Vorfall soll diese Problematik veranschaulichen: »Die Ärzte einer Nervenklinik überlegten, ob sie einen bestimmten schizophrenen Patienten entlassen könnten. Sie beschlossen, ihn einem Test mit einem Lügendetektor zu unterziehen. Eine der an ihn gestellten Fragen lautete: ›Sind Sie Napoleon?‹. Er antwortete: ›Nein.‹ Der Detektor zeigte an, dass er log.« [3]

Wenn man das Lügen als Widerstreit zweier Seiten einer Person auffasst, als Diskrepanz von verbaler Äußerung und Bewusstsein, so erzeugt dieses das Lügen begleitende Doppelspiel Spannungen, die sich als Symptome auf den Körper auswirken. Der Lügner verrät sich vor allem durch Merkmale wie beteuern, sich verplappern, sich in Widersprüche verwickeln, erröten, Zittern der Stimme, Unsicherheit und Unruhe im Blick sowie durch die Zunahme seitlicher Körperbewegungen – das sind verhaltene Fluchtimpulse –, durch Verringerung der Handgesten, Erhöhung der Selbstkontakte im Gesicht (Bartzupfen, Kinnstreicheln, Lippenzusammendrücken, Ziehen der Ohrläppchen, Naseberühren etc.). Forscher haben sogar ein bestimmtes Atmungssymptom der Lüge nachgewiesen: Nach einer Lüge ist die Einatmung relativ verlängert und die Ausatmung relativ verkürzt.[4]

Der Kampf des Lügners ist also ein doppelter: einerseits gegen die eigenen Emotionen, die entweder unterdrückt oder vorgetäuscht werden müssen; und andererseits gegen die Gefahr des Selbstverrats und des unbeabsichtigten Durchsickerns von Signalen, die auf eine Lüge hinweisen.

Wenn die Lügensymptome sozusagen die Oberfläche der Lüge bilden, leuchtet die Bewusstseinsforschung aus, was sich darunter abspielt.[5] Sowohl die Lüge als auch die Wahrheit sind vielschichtige Erscheinungen und nur schwer zu erkennen. Das liegt daran, dass wir den größten Teil der Informationen, die durch uns hindurchgehen, nicht erfassen. Unser bewusstes Ich ist nur ein kleiner Teil des Gesamtgeschehens und will doch die Kontrolle über die ganze Person ausüben. Dabei steht das Ich aber vor dem Problem, dass es nicht alles, was in der Person geschieht, erklären und schon gar nicht alles akzeptieren kann. Die Vorstellung von einem Ich oder einem Bewusstsein, das alles erkennt und durchschaut, ist also eine Illusion. Deshalb muss sich das Ich vor etwas beugen, das größer ist als es selbst, das den Körper umfasst und mit ihm alles Nichtbewusste, das Prozesse und Handlungen in Gang setzt, – unser Selbst. Die Psychoanalytiker sagen: unser Unbewusstes. Nun kann man natürlich beschließen, sein Unbewusstes nicht zur Kenntnis zu nehmen. Diese Blindheitsvereinbarung funktioniert bei manchen Menschen auch so gut, dass sie »erfolgreich« leben, ohne sich durch eine nähere Bekanntschaft mit dem Unbewussten zu belasten.

Unser Ich, der bewusste Akteur, kann lügen, aber unser Selbst, das mehr ist als unser Ich, weiß um die Wahrheit. Nicht ohne Grund lokalisiert unsere Sprache unbewusste Handlungen »im Bauch«, »im Herzen«, »im Blut« oder »im Urin«.

Wie können wir uns überhaupt anmaßen, die Wahrheit zu kennen, wenn uns so wenig von dem bewusst wird, was wir wahrnehmen, von dem, was wir denken, was wir tun, wenn wir vor allem so oft nicht bewusst sind? Diese Frage ruft Verstörung hervor, denn wer sind wir dann wirklich, welche Kräfte schlummern in uns oder welche ungeahnten Ressourcen? Das heißt nun nicht, dass man den alltagspraktischen Begriff von Wahrheit und Lüge abschaffen müsste, aber man kann die Frage radikalisieren, indem man anerkennt, dass die Wahrheit vom Selbst ausgeht, also von einer Größe, über die wir nicht verfügen. Damit ist aber der psychologische Begriff von dem, was man sich unter Wahrheit vorstellt, ins Schwimmen gebracht. Denn nun ist Wahrheit nicht nur das, was sich im Gesagten ausdrückt beziehungsweise was das Ich sagt, wenn es nicht lügt. Die Unterscheidung zwischen Ich und Selbst erfordert noch ganz andere Kriterien und Vorstellungen von Wahrheit und Lüge. Wir müssen einräumen, dass unsere Sprache nur die Karte des Geländes ist und nicht das Gelände selbst. Lüge und Wahrheit können sich nicht nur eins zu eins ausdrücken. Sie erscheinen in den Lücken, in den Resten und Zwischenräumen – im Prozess des Umdeutens und Umformulierens, im Suchen nach Alternativen und in Geschichten.

II. Teil :
Alphabetische Stichwörter rings ums Lügen oder: Lügenalphabet

Angst

Warum so viel Lug und Trug? Warum so viel Verstellung und Maskerade? »Wir dürfen nicht vergessen, dass wir uns bis zur Selbstentstellung voreinander ängstigen«, sagte Ludwig Marcuse. Wir ängstigen uns vor Verletzungen und Kränkungen unseres Selbstwertgefühls durch andere. Wir ängstigen uns davor, dass andere über uns verfügen, uns beherrschen und damit unsere Selbstkontrolle unterminieren. Wir ängstigen uns vor unserer eigenen Sinnlichkeit und der sinnlichen Wirklichkeit der anderen, weil wir in einer Zeit leben, die uns zwingt, unsere vitalen Antriebe zu verdrängen. Wir ängstigen uns vor Verletzungen der Gesetze des Abstands und vor zuviel Nähe und leiden gleichzeitig unter ihrem Mangel. Gezwungen, in der räumlichen Anhäufung so vieler Menschen und in der überall waltenden Verletzung der alten, dem Menschen zuträglichen Abstände zu leben, bleibt uns gar nichts anderes übrig, als entweder so zu tun, als seien die anderen nicht da, oder eine Situation zu simulieren, die unseren Bedürfnissen entspricht.

Die Abstände zwischen lebenden und unbelebten Wesen haben ihre eigenen Gesetze, Gefahren und Vorteile. Die Erde hat ihre Ozonschicht, das Haus seinen Gartenzaun, das Tier sein Revier, das Auto seinen Sicherheitsabstand und das Fußballtor seinen Strafraum. Unser modernes Leben mit seinem hektischen Getriebe ist ein Sturm auf die Abstände, die Menschen voneinander und von den Dingen brauchen. Deswegen kommen wir nicht aus ohne ein wenig Schauspielkunst, Lüge und Maskerade, ohne keep smiling und ohne Selbstbetrug, die es uns ermöglichen, den Abstand des Zueinanders zu bestimmen, Nähe oder Distanz, Sichtbarkeit oder Isolation zu wählen, Signale zu geben oder zu empfangen. Die Frage stellt sich, ob wir damit feige oder lebensklug sind. Wahrscheinlich sind wir beides. Wir leben in einer Welt, in der überlieferte Verhaltenssicherheiten entfallen, alte Über-Ich-Strukturen ausgehöhlt scheinen und die richtigen Antworten für das einzelne Leben viel zu groß sind. Daher kann man wahrscheinlich gar nicht überleben, wenn man sich nicht hin und wieder mit der Lüge oder Täuschung retten könnte.

Die Angst ist eine mächtige Quelle der Lüge bei Menschen, die in sozialen Zwängen leben. Als Erfindung der Natur, die unser Leben schützen soll, ist sie nicht nur Wächterin unserer körperlichen Existenz, sie tritt auch dann in Erscheinung, wenn unsere Selbstachtung und unser Geachtetsein bedroht sind. Sie ist das Fehlen von Vertrauen, das Weglaufen vor der Realität, Angst vor der Wahrheit, Angst, nicht geliebt zu werden, Angst, nicht gut genug zu sein. Sobald sie sich der Oberfläche unseres Bewusstseins nähert, beginnt unsere Abwehr zu arbeiten, und wir fühlen uns gezwungen, Dinge zu sagen oder zu tun, die wir normalerweise nicht tun würden. Lügen, die aus Angst gespeist werden, dienen der sozialen Anpassung und der Wahrung individueller Abgegrenztheit. Darin liegt ein Konfliktpotential, das wohl zu uns Menschen gehört. Bedenkt man aber, dass hinter all der Angstenergie in der Regel ein verletzlicher, liebevoller Mensch steckt, der durch seine Verdrehungen, Verzerrungen und Verstellungen darum bittet, ernst genommen, geliebt und gehört zu werden, so ist die Lüge aus Angst zumindest verzeihlich. Überflüssig wird sie erst dann, wenn zwischen uns und anderen Menschen Vertrauen entsteht, das uns erlaubt, das zu tun, wozu wir in der Angst nicht fähig sind: uns so zu zeigen, wie wir sind mit unseren Schwächen, Enttäuschungen und Sehnsüchten. Angst zu spüren heißt dann nicht mehr, dass man sich in Sicherheit bringt oder in Heuchelei flüchtet. Es kann heißen, dass man seine Angst wahrnimmt, erkennt, dass man sich bedroht fühlt, und diese Angst erträgt. Dabei lernt man den »Mut zur Angst« (Jaspers) und neues zwischenmenschliches Verhalten.

Ausreden

Genau genommen begann die Geschichte der Ausrede schon im Paradies: Adam schob es auf Eva, Eva auf die Schlange, und seither tragen wir dieses Erbe weiter. Wir geben es nicht gerne zu, aber wir alle benutzen Ausreden, und die meisten sind uns nicht einmal bewusst, es sei denn, sie fallen besonders originell, dumm oder raffiniert aus. Sonst registrieren wir sie kaum. Unser Gewissen erhebt aber schon manchmal seinen strengen Zeigefinger ob der Findigkeit, mit der wir uns durch unseren Alltag »mogeln«. Was ist es nur, das uns zu diesen schnellen Trostpflastern greifen läßt? Rücksichtnahme? Rechtfertigung? Unsicherheit? Ängste? Schuldbewusstsein? Es ist eine Mischung von alldem.

Ohne die Ausreden, die wir selbst gebrauchen oder zu hören bekommen, blieben wir ohne Schutzhaut und Hilfsmittel, die uns das Leben erträglicher machen. Es wäre nicht auszudenken, wenn wir für all die Fehler und Missgeschicke, die uns täglich unterlaufen, haften müssten. Denn wie wir uns auch bemühen, wir sind nicht unfehlbar und laden immer wieder Versagen und Schuld auf uns angesichts der unendlichen Wahlmöglichkeiten, mit denen das Leben uns überfordert, und angesichts der Misserfolge, die wir immer wieder einstecken müssen. Viel lieber hätten wir gute Gründe oder vernünftige Erklärungen, aber oft ist die Last der Verantwortung für unser Handeln, die wir auf unseren Schultern tragen, einfach zu groß, zu früh oder zu schwer. Deshalb retten wir uns selbst durch Ausreden.

»Ich konnte nichts dafür«, »Es war nur zum Spaß«, »Ich habe es nicht so gemeint«, »Mir fehlte die Zeit«, »Mein Auto sprang nicht an«, »Die anderen waren schuld«, »Ich war es nicht« – das sind die geläufigsten Ausreden, die alle eines gemeinsam haben: Sie rehabilitieren das kurzfristig bedrohte Selbstwertgefühl, sie ermöglichen Handlungsspielraum, sie bieten Fluchtwege, Entschuldigungen und Schlupfwinkel und wirken wie kleine »Reparaturen« unseres Selbstbildes. Aber nicht nur für uns selbst, auch gegenüber unseren Angehörigen, Freunden, Kollegen und Vorgesetzten brauchen wir »mildernde Umstände«, Schutz unseres Image und Spielräume, die die Kluft zwischen ihren Erwartungen und unseren Möglichkeiten überbrücken helfen, weil wir nur über kurze Strecken ohne ihre Anerkennung auskommen.[1] Ausreden schützen also auch die anderen, weil wir damit signalisieren, dass wir ihre Ansprüche anerkennen und respektieren, auch wenn wir nicht imstande sind, sie ganz einzulösen.

In welchen Situationen greifen Menschen zu Ausreden? Schon das kleine Kind, das die Tasse zerbrochen hat, sagt zu seiner Mutter: »Die Katze war es«, um seine Angst zu beherrschen, oder um einer Strafe zu entgehen. Je nachdem, wie die Eltern nun reagieren – »Das hast du sicher nicht absichtlich gemacht« –, lernen sie schon früh, welche Ausreden akzeptabel oder abzulehnen sind. Später heißt es dann: »Ich verrat' nichts«, wenn Geschwister einander vor der Strafe der Eltern schützen, oder »Ich wollte nur dein Bestes«, wenn Eltern ihre Schläge rechtfertigen wollen. So geben Eltern und auch Geschwister unterschiedliche Lektionen in Sachen Ausreden, die auch Bestandteil unserer Gesetzgebung sind. Man denke nur an das Alibi »unter Alkoholeinfluss«, »nicht zurechnungsfähig«, oder »unter Tablettenwirkung«. Im Sport sind es Verletzungen, in der Musik sind es die bösen Kritiker und bei Prüfungen die strengen Maßstäbe, die die Fehler oder das Versagen wieder aufheben sollen. Und wenn keine Ausredemöglichkeit besteht, bleibt immerhin noch die Chance, das Ganze etwas zu verharmlosen oder herunterzuspielen, nach dem Muster »Das habe ich doch nur im Spaß gesagt«, »Sei doch nicht so empfindlich«, »Ich hab es mir doch anders überlegt«, »Ich muss mich wohl geirrt haben«, »Die anderen kamen ja auch zu spät«. Ganz ähnlich verhält es sich mit den vielzitierten »Sachzwängen«. Diese bekannte Redewendung soll nur den Blick dafür trüben, dass die Entscheidungen immer von Menschen getroffen werden müssen. Sie sollen den Anschein erwecken, als liege die Verantwortung bei den Sachzwängen und nicht bei den jeweiligen Individuen.

Sind Ausreden nun Lügen oder nicht? Streng genommen ja, wenn wir uns die klassische Definition von Lüge noch einmal vor Augen führen: Lüge ist eine falsche Aussage, die bewusst gemacht wird und jemanden täuschen soll. Meist handelt es sich bei den Ausreden aber nicht um handfeste Lügen, sondern um Korrekturen und »Schönungen« unseres Selbstbildes, die mit einer subjektiv gefärbten Auslegung der Wirklichkeit verknüpft sind. Aber letztlich ist diese Frage irrelevant, denn eine untrügliche Wahrnehmung im Dschungel der Möglichkeiten ist ohnehin unmöglich. Außerdem setzt die Frage eine objektive Wahrheit voraus, die in den meisten Situationen sowieso nicht existiert. Die Nötigung zur Wahrheit angesichts unserer menschlichen Fehlbarkeit wäre eine Form der Vereitelung unseres »Rechts auf Ausreden« – ein unmenschlicher neuer Zwang. Solange es Menschen gibt, wird es immer wieder Situationen geben, in denen die engen Kleider unseres Lebens drücken. Dann ist es auch legitim, nachzubessern. Wer die Reduktion aller Ausreden mit Befreiung gleichsetzt, weiß nichts von den Möglichkeiten affektiver Bereicherung durch ein differenziertes Ausreden-Repertoire. Offensichtlich gibt es auch für Ausreden ein Maß, das die Grenzen humaner Zuträglichkeit sprengt, jenseits dessen alles nur noch schlimmer wird. Der größte Feind von Ausreden sind: zu viele davon. Nichts ist peinlicher und mühsamer, als weitere Ausreden für seine Ausreden erfinden zu müssen. Es wird immer Fehler geben und Situationen, für die wir geradestehen müssen. Das ist auch gut so, denn wir haben schließlich ein Recht auf Fehler und Irrtümer. Aber auch für Ausreden gibt es ein optimales Maß. So bleibt als Fazit: Ausreden sind unsere Beistände, überstrapazieren wir sie, so verwandeln sie sich in Feinde.

Betrug

Menschen haben den Drang, Anerkennung und Bewunderung zu finden. Anerkennung findet man in erster Linie, wenn man sich durch eine besondere Fertigkeit hervortut oder wenn man als erster etwas Neues herausfindet oder erfindet. Das ist einer der vielen Gründe, weshalb in Wissenschaft und Forschung, bei Statistiken und Experimenten so oft geschönt, gemogelt und betrogen wird.

Das Sprichwort »Lügen haben kurze Beine« vertritt eine merkwürdige Vorstellung, eine Personifizierung der Lüge. Als sei die Lüge jemand, der weglaufen oder nicht mehr weglaufen könne. Überlegt man weiter, wer unter den Menschen kurze Beine hat, so sind es die Kinder. Vielleicht gibt es sogar die Vorstellung, die Kinder seien die einzigen, die lügen. Das wäre in der Tat eine sehr verlogene Moral. Natürlich ist mit den kurzen Beinen die schnelle Aufdeckbarkeit der Lügen gemeint, aber immerhin ist es doch erstaunlich, wie konkret hier eine Vorstellung suggeriert wird, die durch Erfahrung immer wieder Lügen gestraft wird. Denn meist haben Lügen lange Beine, weil sie erst nach Jahren oder nur durch merkwürdige Zufälle ans Licht kommen.

Ein exemplarisches Beispiel für eine Karriere, die auf einer Lüge beruhte, die erst nach siebzig Jahren entlarvt wurde, ist der amerikanische Marineoffizier und Flieger Richard Evelyn Byrd (1888 bis 1957), der mit seiner Lüge, am 9. Mai 1926 mit einem Flugzeug als erster den Nordpol überflogen zu haben, zu Lebzeiten berühmt und reich wurde. Zweifel an seinen Angaben bestanden von Anfang an, dennoch war seine Lüge für ihn »langbeinig« genug, um ihn auf Grund seiner »Heldentat« weit nach oben zu befördern und ihm großes Ansehen bis über seinen Tod hinaus einzubringen. Er wurde wegen seiner Tat sogar in sämtliche Lexika aufgenommen. Aufgedeckt wurde die Lüge erstmalig, als sein Begleiter gestand, dass sie aufgeben mussten und gar nicht am Ziel angelangt waren. Er ist aber vom Bruder des Helden unter Druck gesetzt worden und durfte die Wahrheit nur in gereinigter Fassung als »wird heute angezweifelt« veröffentlichen. Erst 25 Jahre später, als das Tagebuch dieses Unternehmens entdeckt und ausgewertet wurde, konnten eindeutige Beweise dafür erbracht werden, dass Byrd und sein Begleiter nicht am erstrebten Ziel gewesen waren und das auch gewusst haben. Sie mussten wegen einer Panne den Rückweg antreten und streckten ihn zeitlich so lange, dass ein Erfolg plausibel erschien. Wegen einer Lüge wurde er nicht nur als Nationalheld gefeiert, er stahl auch seinen Konkurrenten den Sieg. Die ersten, die wirklich über den Nordpol geflogen sind, waren nämlich zwei Tage später der Norweger Amundsen, der Italiener Nobile, der Amerikaner Ellsworth und dreizehn Männer an Bord eines Luftschiffes. Wenn R. E. Byrd auch nicht weiß, dass seine Lüge entlarvt worden ist, so hat er doch immerhin bewiesen, dass die Beine der Lügen mitunter auch kräftig und langlebig sein können.

Coolness

Was hat Coolness mit Lüge zu tun? Ist es nicht beneidenswert, nicht aus der Ruhe gebracht werden zu können und angesichts des täglichen Sich-Ereiferns die »Kunst des Kühlens« zu beherrschen? Das Verlogene am Coolen ist, dass er sich entzieht und diese Macht auskostet, und sei sie noch so gering und flüchtig. Seine Lüge heißt: Dabei sein, aber nicht dazu gehören. Betonte Gelassenheit, distanzierte Kühle, ostentative Zurückhaltung, das ist die Haltung derer, die die Lüge ihrer uneingestandenen Mutlosigkeit zum Lebensprinzip erhoben haben. Ihre Botschaft lautet: Ich lasse mich durch nichts beirren. Ich will niemandes Freund und niemandes Feind sein. Ich beziehe keine Stellung. Ich leiste weder Gehorsam noch verlautet von mir Widerspruch. Ich fühle mich durch nichts getroffen. Damit formulieren sie die komplementäre Haltung zur Betroffenheit, die die Nähe zu sich selbst stilisiert.

Nach dem Gefühlsüberschwang und der allgemeinen Gefühlsoffenbarungsbereitschaft der letzten Jahrzehnte hat die Entschlossenheit, sich cool zu geben und nicht aus der Ruhe bringen zu lassen, sicher etwas Wohltuendes oder sogar Ästhetisches. Aber worin besteht ihre Ästhetik? Nach außen hin in einer beneidenswerten Gelassenheit, die aber von einem Desengagement und einer distanzierten Kühle gespeist wird, die den Mitmenschen sozusagen erfrieren lässt, weil keine Begegnung stattfindet. Der Coole verweist den anderen ins Abseits, wo er nur noch eine Figur auf einem Hintergrund ist, die weder Sympathie noch Feindschaft, sondern allenfalls höfliche Gleichgültigkeit erwarten kann. Vor allem in den Großstädten sind die Coolen auf dem Vormarsch, vertreten in den wichtigen Szenen, sei das nun rechts oder links, und in den richtigen Kreisen – und immer erfolgreich, ehrgeizig, effizient und selbstsicher. Sie hinterlassen keine Spuren, denn ihre Formel lautet: Bloß keine Gefühle zeigen. Oder anders gesagt: Physisch nahe, geistig fern. Man inszeniert eine Art »Unschuld«, indem man niemandem etwas schuldig bleibt und alles in der Schwebe hält – in der Liebe, im Geschmack, im Engagement. Alles, was menschliche Spuren des Gefühls trägt, ist irgendwie lächerlich, jede Begeisterung oder Betroffenheit irgendwie verdächtig, jegliches Mitleiden oder Mitgefühl nur noch höfliches Rinnsal.

Der Coole ist eine schlechte Nachricht für die Moral. Sein verführerischer Charme liegt in seinem uneingelösten Versprechen, menschliche Nähe mit moralischer Nähe zu beantworten. Seine Lüge liegt in der Unverbindlichkeit, in der Tatsache, dass er keine Stellung bezieht, dass er glaubt, sich aus der moralischen Verantwortung ziehen zu können. Die Simulation jener »unerträglichen Leichtigkeit des Seins« (Milan Kundera) ist der Ausdruck der höchsten Verantwortungslosigkeit und Passivität. Wo immer es geht, sabotiert der Coole die Verbindlichkeit und die Eindeutigkeit. Er macht nicht mit, weil er »über den Dingen steht«, so dass jeder in seiner Nähe peinlich berührt ist ob der eigenen alltäglichen Begeisterungen und Betroffenheiten. Die Lässigkeit des Coolen beschämt, seine Selbstgewissheit verunsichert, seine Tarnung verstört, seine Arroganz empört jeden durchschnittlich fühlenden und irritierbaren Mitmenschen. Weil er scheinbar immun ist gegen jegliche Verunsicherungen oder Verstörungen, weil er scheinbar jeder Kritik gewachsen ist, wird er zum Inbegriff des Lügners – nicht wegen seiner Falschheit, sondern wegen seiner unbeirrbaren Elastizität.

Droge

In vino veritas – im Wein ist Wahrheit, heißt es. Die beim Wein geäußerte Wahrheit verrät zumindest eines: Nimmt man dem Menschen seine Hemmungen und anerzogenen Kontrollen, so kann er nicht mehr lügen. Wein löst die Zunge. Die rigide Distanziertheit, mit der sich Menschen umgeben, schmilzt, die aufgebauten Schranken fallen, und man erfährt plötzlich, wer man ist und wer der andere ist. Heuchelei, Selbstbetrug und Lüge weichen vor den inneren Wünschen und Sehnsüchten, die da ungebrochen an die Oberfläche drängen.

Dennoch gehört es seit Aristoteles zum Standard-Argument der Drogengegner, dass es besser sei, nüchtern durch das Leben zu gehen, als droguiert mit Wahrheiten herauszurücken. Will man die Sorgen unserer Gesellschaft und die aktuellen Feldzüge gegen Drogen verstehen, seien sie nun therapeutisch, religiös oder juristisch, so laufen sie letztlich alle auf eine Schlacht zwischen nüchternem Realitätsprinzip und falschen Himmelfahrten des Rausches und der Droge hinaus. Der Sinn unserer Drogenkampagnen wird erst deutlich, wenn wir uns vergegenwärtigen, dass dahinter ein Verständnis vom erwachsenen Menschen steckt, der sich gehorsam und nüchtern auf das Gute und die Zumutbarkeit dieser Welt einrichten und das Land der Wahrheit und Lügen ohne Drogen und andere illegale Transportmittel durchqueren soll. Diese Gehorsamsdisziplin verdanken wir den Stoikern, die stolz darauf waren, sich von den Bewusstseinstrübungen und Wechselbädern seelischer Ausnahmezustände freigemacht zu haben. Nüchternheit und Weltfreundschaft wird seither von Priestern, Philosophen und Therapeuten – zu oft überhöhten Preisen – angeboten. Sie treten als Vertreter des Realitätsprinzips in einer hinreichend guten Welt auf und bieten ihre Dienste an zum Gehorsam und zur Kompromissbereitschaft gegenüber dem Unabänderlichen.

Schon seit Jahrtausenden versuchen Menschen aber, sich der Schwerkraft dieser Welt zu entziehen – entweder durch Askese oder mit Hilfe von Drogen, die sie wenigstens zeitweise die Last des Lebens leichter tragen lassen. Und es darf bei aller Betroffenheit nicht vergessen werden, dass zu allen Zeiten und in allen Kulturen Menschen ihre Sehnsucht nach einem besseren oder problemloseren Leben zumindest partiell mit dem Gebrauch von Drogen erfüllt haben. Nur unterscheiden sich die alten Kulturen von der unsrigen nicht zuletzt dadurch, dass sie zwar einen ritualisierten Gebrauch der Drogen, aber keine Drogenprobleme kannten. Ihre Drogenerfahrungen waren derart profund und damit schützend vor Sucht, da sie nicht der privaten Berauschung, sondern sozusagen als »Türöffner der Götter« dienten. Die Verbindung von Droge und Sucht hängt in unserer Zeit mit dem Verlust an metaphysischer Geborgenheit und damit zusammen, dass wir keine Rituale mehr kennen, die es uns erlaubten, zum Überwältigenden der Droge ein Verhältnis aufzubauen. Jeder ist heute mit seinen Sehnsüchten tendenziell allein und damit gefährdet.

Sind wir aber nicht alle Ersatzdrogenkonsumenten? Sind wir nicht alle, die wir aus der Geborgenheit und Wärme des mütterlichen Kreislaufs entlassen wurden, auf Entzug, in die Kälte Gesetzte? »Am Anfang war Entziehung«, schlägt Peter Sloterdijk als Titel für eine Geschichte der menschlichen Kultur vor.[1] Wahrscheinlich würde dabei ganz nüchtern die Wahrheit lauten, dass wir alle unseren Drogenpegel auf einem möglichst niedrigen Niveau halten, um unsere Realitätstüchtigkeit einigermaßen zu bewahren – nach dem Leitsatz: »Es kommt jetzt alles darauf an, nicht mehr Sorgen zu haben als Likör, aber auch nicht mehr Likör als Sorgen«.[2] Ist es da nicht eine verlogene Moral, Süchtige auszugrenzen, weil sie sich für eine beschleunigte Geschwindigkeit der Selbstzerstörung entschieden haben? Wer genau hinsieht, dem wird nämlich nicht entgehen, dass sich viele der sogenannten Nüchternen ebenso droguieren, nur heißt ihre Droge Geld und Erfolg. Keiner ist so süchtig nach Zahlen, Vertragsabschlüssen oder Verhandlungen wie der stets Nüchterne. Süchtige wie Nüchterne müssen mit der Sucht leben und sind in unserer Gesellschaft mit ihren Süchten allein gelassen. Es sei denn, sie schließen sich mit anderen Betroffenen zusammen. Die besondere Problematik der Sucht liegt in der Verleugnung durch den Abhängigen. Man trinke hin und wieder ein bisschen zu viel, man nehme ab und zu Medikamente, man höre sowieso auf, wenn der Stress vorbei sei. So oder ähnlich heißen die Lügen, die immer eines beabsichtigen, man will die schwelenden Scham- und Schuldgefühle und das wahre Ausmaß seiner Situation verschleiern. Diese Lügen werden vom sozialen Umfeld noch verstärkt durch Verharmlosen, Zudecken oder Nichtwahr-haben-Wollen. Auch hier spielen Scham- und Schuldgefühle eine starke Rolle, da in unserer Gesellschaft Sucht immer noch als etwas Unmoralisches, Anrüchiges, Verwerfliches gewertet wird. Zu alldem tritt noch die Lüge und die Tabuisierung der Sucht durch unsere Gesellschaft, die den Süchtigen ausgrenzt, um eigene Schuldgefühle zu verleugnen.

Man sollte sich intensiv damit beschäftigen, was Menschen motiviert, dieser Welt zu entrücken, die sich doch so farbenprächtig plakatiert. Man sucht aber am falschen Ort, wenn man bei den Drogen allein sucht. Der Feldzug beispielweise, der in den USA gegen das gesundheitsschädigende Rauchen geführt wird, hat selbst krankmachende Züge angenommen. Wieder einmal ist ein Feind gefunden, auf den all das Böse projiziert wird und der mit allen Mitteln ausgegrenzt werden muss. Alle Zeichen sprechen dafür, dass sich eine neue Form der Apartheid ausbreitet. Der drogenerfahrene Dichter Charles Baudelaire konnte noch öffentlich bekennen, dass »er von der Pfeife geraucht wurde«. Heute ist das Rauchen längst keine Privatsache mehr. Wer raucht, macht sich öffentlich schuldig und wird mit missionarischem Eifer verfolgt. Sowohl für das Rauchen als auch für seine Bekämpfung gilt: Wenn sie zu viel werden, werden sie zum Gift. Jede Verteufelungskultur erzeugt neue Lügen und neue Ersatzdrogen.

Ehrlichkeit

Wer nicht die Wahrheit sagt, gilt als unbeliebt. Nichts trägt so sehr zur »Sauberkeit« und Beliebtheit bei wie eine »weiße Weste« – das Image der Ehrlichkeit. Selbst Waschmittel lassen sich besser verkaufen, wenn sie vorgeben, unser schlechtes Gewissen zu erleichtern, und unsere weißen Westen noch weißer zu waschen. Andererseits sehnen wir uns aber keineswegs nur nach einer »ehrlichen Haut«. Die »ehrliche Haut« steht nämlich nicht gerade im Ruf besonderer Intelligenz, besonderer Schlagfertigkeit oder besonderer Geschicklichkeit. Die Ehrlichkeit eines Menschen erwähnen wir oft erst, wenn uns keine anderen Charaktereigenschaften oder nichts anderes Bemerkenswertes über jemanden einfallen. »Wenigstens ehrlich ist sie/er«, dieser Satz hat fast einen abschätzigen Grundton, so als würde man einen Gast dafür loben, dass er mit Messer und Gabel zu essen gelernt hat. Über Ehrlichkeit spricht man nicht, man setzt sie einfach stillschweigend voraus. Wenn jemand sich seiner Ehrlichkeit wegen lobt, dann reagieren wir misstrauisch und fragen uns, weshalb er diese Eigenschaft derart betonen muss. Denn fast klingt es, als würde er sagen: »Ich bin ein guter Mensch.« Wer solches von sich behauptet, riskiert peinlich berührtes Lächeln oder gar Gelächter. Er würde als naiv oder weltfremd angesehen werden, und wenn er Pech hat, sogar Kritik oder Polemik ernten. Besonders bei Politikern, Journalisten, Versicherungsagenten und Werbe- oder Verkaufsmanagern empfinden wir die Erwähnung ihrer Ehrlichkeit geradezu als Indiz ihrer Unehrlichkeit. Es ist merkwürdig, wie die Tugend der Ehrlichkeit zugleich über- und unterschätzt wird.

»Ehrlich währt am längsten«, mahnt das bekannte Sprichwort. Ehrlichkeit soll demnach leichter zu handhaben sein als Unehrlichkeit und soll sich, auf die Dauer gesehen, besser bewähren. Gewiss trägt man dann weniger Lasten und Widersprüchlichkeiten mit sich herum. Aber schon der Alltag mit seinen Anforderungen und Rücksichtnahmen auf das, was andere vertragen und wie sie reagieren, zeigt, dass wir immer wieder überfordert sind und an unsere Grenzen stoßen. Selbst in der Kirche und in der Politik gestehen wir heute zu, dass es die richtige Wahrheit nicht gibt, dass sie allenfalls ein Ideal ist, dem wir uns nähern können. Es scheint, als sei Ehrlichkeit ein Begriff, der im Schwinden ist – ein Schwundbegriff. Geblieben ist das Ideal der Ehrlichkeit als Haltung oder Verkörperung, aber nicht als Treue zur Wahrheit.

Was heißt heute Ehrlichkeit? Ehre und Treue, die beiden mythisch ritterlichen Begriffe, die wir mit Ehrlichkeit assoziieren, sind für uns heute obsolet und zweifelhaft geworden. Wir denken dabei an Nibelungentreue und bedingungslose Gefolgschaft. Was sich von diesen Begriffen in unsere Zeit herübergerettet hat, ist eher so etwas wie Treue zu sich selbst. Mit Ehrlichkeit verbinden wir gegenwärtig, von den eigenen Haltungen, Erkenntnissen und Einsichten überzeugt zu sein. Das heißt: Nicht mehr versprechen, als man einhalten kann. Geradezustehen für das, was man vertritt. Zu meinen, was man sagt. Zu sagen, was man denkt. Kurzum: Ehrlichkeit bedeutet Loyalität gegenüber sich selbst und nicht unbedingt Treue zum achten Gebot. Besonders deutlich wird das in der Politik, wo die Loyalität gegenüber der eigenen Fraktion mehr gilt als das Wahrhaftigkeitsgebot. Selbst in den Medien wird die Treue, auch wenn sie zum Falschen hält, weniger scharf kritisiert als ein Verrat zugunsten eines gegnerischen Arguments, auch wenn es sich als wahr entpuppt.

Die Kleidung der Lüge ist glatt und glänzend. Das Design der Ehrlichkeit ersetzt das Glatte durch das Rauhe, könnte man sagen. Selbst Luther sprach in seiner Abhandlung »An den christlichen Adel deutscher Nation« von Wolle, Flachs und Haar als Ausdruck ehrlicher Kleidung im Gegensatz zur verführerischen Seide, zu Samt und Goldstickerei. Mit Vorliebe revidierten deswegen die Philosophen als Ausdruck ihrer Wahrheitsliebe ihre Kleidung. So steckte Sokrates seine Füße in »Filz und Pelz«, und Diogenes nahm den Kampf um die nackte Wahrheit gleich ohne Kleidung auf. Nicht nur die Eremiten und die Mönche hielten sich in der Folge an diese rauhen »Ehrlichkeitstextilien«, auch die orangerote Kluft der Bhagwan-Jünger und die selbstgestrickten Pullover, Bluejeans und Jutetaschen, die mit den Grünen selbst in den Bundestag Einzug gehalten haben, demonstrieren mit ihren rauhen Kleidungsstilen Ehrlichkeit.

Evolution

Ist es nicht merkwürdig, dass wir über die Täuschungsmanöver, Finten und Bluffs unserer Artgenossen aus der Tierwelt schmunzeln können, ohne dabei Schmerz oder Wut zu empfinden? Beim Lügen und Betrügen unter Menschen reagieren wir anders, da identifizieren wir uns eher mit der Rolle des Betrogenen oder Belogenen und bekommen es mit der Angst zu tun. Wenn man anerkennt, dass Lüge, als irreführende Täuschung definiert, auch auf die Phänomene zutrifft, die ohne Worte auskommen, so zeigt ein Blick in die Natur, dass auch dort Lug und Trug zum alltäglichen Überleben gehören.[1] Wo das Gesetz von Fressen und Gefressenwerden regiert, sind Tarnung und Täuschung immer unverzichtbare Überlebenstechniken. Denken wir an die Raupen, die im Gewand von Schlangen einherkriechen, oder die Fliegen, die angesichts eines Wespenstachels ihre Farbe in Gelb-Schwarz verwandeln können, oder die Spinnenkrabben, die sich mit Algen- oder Schwammteilchen ausstaffieren, um vor ihren Beutejägern geschützt zu sein. Oder die Meister der Angriffsmimikry, die Fühlerfische, die nicht nur ihre Umgebung perfekt nachahmen können, sondern mit einer köderbestückten Angelrute, die über der Oberlippe ansetzt, aus beachtlicher Ferne auch Beutetiere auf Nahrungssuche in ihre Reichweite locken. Aber sogar Artgenossen untereinander lassen keine Gelegenheit aus, einander übers Ohr zu hauen.

Der Betrug unter seinesgleichen wird von vielen aufgrund alltäglicher Erfahrung immer noch für eine Besonderheit des Menschen gehalten, als gebe es bei den Tieren Lug und Trug nur zwischen den Arten. Dieses Vorurteil lässt sich durch unzählige Beispiele widerlegen. Es gibt auch Täuschung, mit der sich Tiere nicht als Art, sondern als Individuen profilieren. Wir brauchen nur einmal die Meister der Arglist, die Schimpansen, näher zu beobachten, wie sie beispielsweise ihre fresslüsternen Weibchen durch einen geschickt angezettelten Beischlaf davon abhalten, den begehrten Happen zu schnappen. Oder noch raffinierter: Da schafft es ein Schimpansenmann, Bananen aus einem nur ihm bekannten Versteck zu verzehren. Sowie ein anderes Mitglied der Gruppe naht, verlässt er den Platz und schaut in eine andere Richtung. Der zweite geht weiter, versteckt sich aber hinter einem Baum. Nun glaubt sich der erste in Sicherheit und sucht sein Versteck wieder auf – schon ist das stärkere Männchen da und nimmt das Futter in Besitz. Bei den höheren Primaten gibt es also nicht nur Täuschung, sondern sogar Verhaltensweisen, die einen Täuschenden täuschen. Auch Paviane beherrschen offenbar den Bluff: Da packt ein halbstarker Pavian ein Baby so heftig an, dass es laut zu schreien beginnt. Sofort stürzen einige erwachsene Tiere aus der Gruppe auf ihn zu, um ihn zur Ordnung zu rufen; er aber richtet sich steil auf und starrt ins Weite. Der Effekt ist, dass nun auch die anderen umherblicken. Natürlich ist die Bestrafung völlig vergessen.

Selbst bei den unschuldigen Pflanzen herrschen nicht nur eitles Gedufte und Geblinke, wenn es um die Erotik geht. Auch sie überleben mit den Segnungen von Mimikry, Lug und Trug. Voran die edle Orchidee, die sich mit ihrem erotisierenden Geruch als Wespenweibchen ausgibt und damit liebeshungrige Wespenmännchen zwischen ihre Blütenblätter lockt – schon ist sie bestäubt ...

Zurück zu den Menschen. Die Fähigkeit zu lügen ist also nichts Besonderes. Evolutionsbiologen sprechen davon, dass die Fähigkeit zu täuschen einen Selektionsvorteil bringt, der die Chancen, Nachkommen zu haben, verbessert. Sie betrachten unsere Entwicklungsgeschichte als »Hominisation«, als Menschwerdung, die dadurch entstand, dass immer kompliziertere Täuschungsmanöver erprobt werden mussten und immer geschicktere Strategien im Umgang mit dem wachsenden Misstrauen untereinander. Nicht nur unsere Hirne wurden dabei größer, sondern die Täuscher vermehrten sich zunächst auch stärker als die »Ehrlichen«.

Die Spieltheorie hat dieses Phänomen unter dem Stichwort »Gefangenendilemma« ausgiebig untersucht.[2] Der Name stammt von der Situation, die es veranschaulicht: Ein Gefangener bekommt die Wahl, entweder einen Mitgefangenen zu verraten und dann entlassen zu werden (Prinzip des Egoismus) oder ihn zu decken und eine harte Strafe zu riskieren, falls der andere ihn verrät (Prinzip der Kooperation). Welches wäre nun die beste Strategie der Kooperation? Die Spieltheorie hat eine evolutionär stabile Strategie für das Gefangenendilemma gefunden. Die erfolgreichste namens »Tit for Tat« (»Wie du mir, so ich dir«) beruht auf Vergeltung und Vergebung: Kooperiere zunächst und gehe davon aus, dass dein Gegenüber nicht betrügt, und tue danach jeweils genau das, was der andere zuletzt getan hat. Wenn also der andere mogelt, zahle ihm bei nächster Gelegenheit mit gleicher Münze zurück. Fazit: Mogle nie als erster! Je verbreiteter diese Vorgehensweise in einer Gesellschaft ist, desto weniger lohnt sich der Betrug. Diese Strategie ermuntert zu einem Verhalten, das beide Partner auf ihre Kosten kommen lässt und beiden zum Vorteil gereicht, weil sie nie jemanden schlägt.[3] Wäre dieses »Tit for Tat« nicht ein sinnvoller Ratschlag für Menschen in Führungspositionen? Seid nicht gierig und neidisch, versprecht nicht mehr, als ihr einlösen wollt, begeht nicht als erste einen Wortbruch, vergeltet Zusammenarbeit wie auch Verrat und versucht klar und nicht zu clever zu sein.

Fernsehen

Seit es das Fernsehen gibt, dient es auch als idealer Sündenbock für medienkritische Mahnschriften und viele Auswüchse unserer Zeit. Sich in die Reihe derer einzureihen, würde wahrscheinlich nichts wesentlich Neues ergeben. Außerdem geht es an dieser Stelle um die Lüge des Fernsehens. Nach Peter Stiegnitz ist das Fernsehen in Ermangelung einer aktiven Freizeitgestaltung die häufigste Freizeitlüge. Er erwähnt eine wissenschaftliche Befragung, nach der vierzig Prozent der kontinuierlich nach ihrer beliebtesten Freizeitgestaltung Befragten an erster Stelle Sport angaben, während er der Meinung ist, dass die Antwort in Wirklichkeit »fernsehen« lauten müsste.[1] In der Tat gibt es keinen größeren Dieb als das Fernsehen, wenn man bedenkt, wieviel Zeit und Aufmerksamkeit es uns raubt. Es nimmt uns Kopf- und Körperarbeit ab, weil wir nichts mehr tun müssen. Wir kennen ja alles schon vom Bildschirm her. Wozu soll man sich denn für seine Nachbarn interessieren, für den Wald in der Umgebung, für die Verkäuferin im Laden nebenan, wenn man all das mit Knopfdruck frei Haus geliefert bekommt? Hier beginnt die Lüge, denn wir können das Fernsehen nicht anders kritisieren als mit der Selbstkritik, dass wir andere für uns leben lassen und nur noch Nachahmer sind, die genau wissen, wie man »es« macht. Jede Situation haben wir schon so oft vor dem Bildschirm gesehen, dass wir die Wirklichkeit in unseren Köpfen kaum noch kennen, geschweige denn den Mut haben, unserem Leben den eigenen Stempel aufzudrücken. Für alles haben wir Vorbilder, Stellvertreter, Ersatzhelden, so dass man mit Eigenwilligkeit oder Charakter nicht mehr weit kommt. Nun haben Vorbilder und Traumfiguren etwas Imaginäres, sie begeben sich nicht ins kommunikative Handgemenge, man trifft sie nicht, man sieht sie nicht wirklich, und man kennt sie nicht, obwohl man sie vor dem Bildschirm fast nie verpasst. Sie sind allen und niemandem nahe und wirken daher bestens mit bei der Herstellung von Illusionen von Teilhabe und Mitsprache. Wozu noch selbst einen Traummann suchen, wenn ich ihn jeden Tag in meiner Fernsehfamilie bewundern kann?

Wahrscheinlich nehmen die Menschen gern in Kauf, dass das Fernsehen Lebenszeit frisst, bietet es doch etwas, das meist unterschätzt wird und weit mächtiger wirkt als das gelegentliche schlechte Gewissen ob der vertanen Zeit: Fernsehen bringt uns Spaß, Ernst und die anregende Mischung davon: *Infotainment*. Es ist das ideale, jederzeit verfügbare Beruhigungsmittel unserer Zeit und eine lustvolle Möglichkeit, Langeweile zu absorbieren. Heiko Ernst drückt es treffend so aus: »Fernsehen wirkt wie ein emotionaler Thermostat, wie eine Zentralheizung fürs Gemüt – es nivelliert die Höhen und Tiefen des Alltags. Es entspannt die Gestressten, tröstet die Niedergeschlagenen, beruhigt die Hyperaktiven und leistet den Einsamen Gesellschaft.«[2] Ein rezeptfreier Tranquilizer oder ein Herzschrittmacher, der uns das Tempo herunterfahren lässt, kleine Fluchten aus dem Alltag bietet, einen bequemen Ausgleich zu anstrengenderen Aktivitäten bietet und eine ideale Untermalung für andere Beschäftigungen liefert. Oftmals ist das nicht nur Bügeln oder Lesen, sondern vor allem Essen. Drei Viertel der befragten 30- bis 49jährigen gaben laut einer Studie des Hamburger BAT-Freizeitforschungsinstituts an, das Fernsehen als Begleitmedium beim Abendessen zu nutzen. Natürlich ist diese Droge, wie jede Droge, ein Ersatz. Karl Marx würde sagen »Opium fürs Volk«. Aber was würde geschehen, wenn man den Menschen diese Lebenslüge nähme? Würde man sie nicht gleichzeitig um ihr kleines Glück bringen? Was würde mit all den Einsamen geschehen? Wer würde sich ihrer annehmen, wenn das Fernsehen diese Aufgabe nicht übernähme? Eine abrupte Still-Legung dieses Mediums würde nicht nur negative Wirkungen auf die Gesundheit der Betroffenen haben, sie könnte auch zu gefährlichen Massenpsychosen führen. Die Lügen des Fernsehens erscheinen unter diesem Aspekt als das kleinere Übel.

Worin bestehen eigentlich die Lügen des Fernsehens? Fernsehbilder sind Lügen, weil sie etwas versprechen, das sie nicht einlösen können. Vorgespieltes Leben ist nicht gelebtes Leben. Es gibt sich aber als solches aus. Bilder inszenieren Empfindungen und Gefühle und entziehen uns damit die eigenen. Außerdem bleiben sie länger haften als Worte. Bilder-Angebote sind Lügen, weil sie sich als bequeme, leichte Kost vor das Leben schieben. Wir sind zu Zuschauern des Lebens geworden und belügen uns über den Unterschied zwischen Vorstellung und aktiver Weltbewältigung. Der Zwang, Bilderwelten in unseren Köpfen anzuhäufen als Trost für die beengenden Mauern, in denen wir leben müssen, steigert unsere Wünsche und Gier, stimuliert unsere Ansprüche und gleichzeitig unser Unvermögen, am Leben teilzunehmen.

Nicht nur unsere Handlungsfähigkeit, auch unsere Denkfähigkeit wird beeinträchtigt, weil wir alles in rasantem Tempo zur Kenntnis nehmen und im gleichen Atemzug schon wieder vergessen. Bilderkonsum lässt die Sprache verkümmern. Da wir nun einmal Sprachwesen sind und daher angewiesen auf den Austausch von Gefühlen, Empfindungen und Wahrnehmungen, entfällt durch jene Reduktion ein wesentliches Element, das der Stiftung von Gemeinsinn dient. Was bleibt, ist die Verständigung darüber, dass man Gleiches konsumiert hat. Aber das ist eine Art von Solidarität, die eher rudimentär und vorsprachlich ist. Man wird ja, wie Enzensberger das so pikant ausgedrückt hat, so dumm wie das Medium, in dem man sich aufhält – oder äußert, wenn man es von der Seite der Stars her sieht.

Panem et circenses, Brot und Spiele für das Volk, lautete die Parole in Rom, damit die Menge ruhig blieb! Wer sich Telespielen und Chips ausliefert, wird daran gehindert, eigene Welterfahrung zu machen. Ist diese freiwillige Unfreiheit wirklich unser Schicksal? Wie können wir einen Weg finden, der uns das Glück schmecken lässt, eigene Wahrheiten zu entdecken? Das Ausweichen in Erfahrungsbetrug bedeutet ja zumindest auch, dass irgendwo noch eine Ahnung von möglichen anderen Erfahrungen vorhanden ist. Und wenn sie nur hießen, dass wir unser Wesen nicht gänzlich verbiegen und verkrümmen lassen von einer Unterhaltungsmaschine. Vielleicht kommt der Tag, an dem das Medium selbst ein Medienfasten propagiert, denn wer sonst, außer dem Medium selbst, kann es noch stoppen?

Freundschaft

Bevor wir den vertrackten Bereich von Ausreden und Lügen in der Freundschaft betreten, fragen wir einmal grundsätzlich: Wodurch zeichnet sich eine Freundschaft aus? Wie kaum eine andere Beziehung ist die Freundschaft nicht institutionell gesichert wie etwa die Ehe, mit der sie einiges gemeinsam hat. Deswegen ist sie freier, unbestimmter, unkomplizierter. Es gibt zwar Spielregeln und Rituale, aber keine einklagbaren Rechte oder Gesetze. Freundschaft: eine anwendungsfreundliche, verschleißfreiere Variante der Liebe – könnte man salopp sagen. Ein lebensnotwendiger Gegenpol zum einsamen und misstrauischen Rivalitäts- und Konkurrenzgebaren unserer Zeit, die von Häppchen- und Augenblicksbegegnungen lebt, in der quäkende Anrufbeantworter und Faxmaschinen die Aufgabe der Zuwendung und Pflege von Beziehungen übernommen haben.

Wo liegt nun die wünschenswerte Balance zwischen Wahrheit und Lüge in der Freundschaft? Baker Roshi, ein bekannter Zen-Meister, sagte mir bei einer unserer Begegnungen: »Einem Freund kann ich alles sagen, er ist auch berechtigt, mir alles zu sagen, ob ich es hören will oder nicht.« Er wollte wohl damit ausdrücken, dass man sich nur Freund nennen darf, wenn man bereit ist, dem anderen auch unbequeme Wahrheiten zuzumuten. Eine Einschränkung scheint mir dabei aber entscheidend: nur wenn dies im Dienst der Fürsorge oder Liebe am anderen geschieht.

Grundsätzlich haben Freunde ein Recht, die Wahrheit zu hören, ja mehr noch, sie haben ein Recht, die Wahrheit auszudrücken und nach ihr zu suchen. Nichts liefert uns so viele Einsichten über uns selbst wie der einfühlsame

Umgang mit Freunden. Sie sind es, die uns oft besser verstehen als wir uns selbst, die uns An- und Aufregungen bescheren, die uns den Spiegel vorhalten, Beobachtungen und Einflüsse servieren, die unser Selbstverständnis erweitern. Freundschaft zeichnet sich ja dadurch aus, dass man sie als einen geschützten Ort der Zuwendung und Pflege von Wahrhaftigkeit betrachten darf, einen Ort, an dem wir unsere Schwächen vergessen dürfen, weil wir vertrauen können. Das Sich-Anvertrauen mag eine riskante Vorleistung sein, doch ohne solch ein Risiko ist Freundschaft nicht zu haben. Zuverlässigkeit macht es leichter, sich zu öffnen, weil sie dem gemeinsamen Erleben so etwas wie eine feste Gleitschiene zugrunde legt. Dies betrifft besonders das Medium der Sprache, das zweifellos ein Medium des Missverstehens ist, weil Menschen sich auf den Wortlaut des anderen einstellen, als wäre es ihr eigener. Sprache, die im wechselseitigen Vertrauen und Wohlwollen gesprochen wird, eröffnet die Möglichkeit, dass Konflikte nicht unter den Teppich gekehrt werden müssen, weil man weiß, dass über sprachliche Missverständnisse hinaus doch so etwas möglich ist wie ein Mitschwingen und Mitfühlen mit dem anderen. Man hört den Klang der Stimme, sieht Mimik und Gestik, und die Intuition begreift, was dem nüchternen Verstand allein nicht zugänglich ist. Man vertraut, und in diesem Vertrauen erweist man sich selbst als vertrauenswürdig.

Der Weg zur freundschaftlichen Intimität und zum Vertrauen führt aber nicht über Offenheit um jeden Preis. Es geht vielmehr um eine Balance oder Abstimmung zwischen Nähe- und Distanzbedürfnis, zwischen eigenen Ansprüchen und denen des anderen. Die Fähigkeit zur Freundschaft besteht im wesentlichen in der Fähigkeit zur Unterscheidung, die sich aus dem Mitgefühl speist, was der andere verkraften kann und was ihm zumutbar ist.

Dazu gehört nicht nur das Abwehren symbiotischer Verschmelzung, sondern auch das Sich-Abfinden mit dem Rest an Geheimnis, das man dem anderen belassen muss. Wenn nämlich Offenheit dazu führt, dass wir uns gegenseitig bloßstellen oder terrorisieren – nach dem Motto »Ich sag' dir mal ganz offen«, dann sollte man sich fragen, ob die wahre Triebfeder dieser schrankenlosen Mitteilungsbereitschaft nicht eher von einem herablassenden oder aggressiven Impuls gespeist ist. Nichts ist schlimmer als Nackenschläge, die im Namen der Freundschaft ausgeteilt werden. Dann lieber das offen Aggressive, dagegen kann man sich wenigstens wehren.

Das Wissen um die Hygiene der Zurückhaltung, die konkret heißen könnte: einen Gedanken nicht zu äußern, weil der andere gekränkt wäre, ein Gefühl zu bändigen, weil es verletzen könnte, ist oft ein viel humaneres Geschenk als die ungeschönte Gefühlsschau der »nackten Wahrheiten«. Freundschaften scheitern nicht nur daran, dass man nicht wahrhaftig miteinander umgeht, sondern auch deshalb, weil man sich gegenseitig zu unverblümt die Wahrheit sagt. Dem anderen die Wahrheit schonungslos unter die Nase zu reiben führt nicht unbedingt zur Offenheit, oft aber zu offenen Wunden.

Man braucht die Notwendigkeit des Selbstschutzes, die hinter den meisten Unoffenheiten und Lügen steckt, nur aus der Perspektive des Freundes zu begreifen, dann stößt man auf eine höchst verantwortliche Form von Rücksichtnahme und Einfühlung, die eine Freundschaft mit gleichem Recht wie die sogenannte Wahrheit verdient. Unter dem Licht von Mitgefühl hat die Wahrheit in der Freundschaft etwas mit Sorgfalt und Maß zu tun, und das heißt in manchen Situationen sicher, nicht völlig offen zu sein, Auswege und Fluchten offen zu lassen, manches mit einer anderen Brille zu betrachten und zu relativieren oder einem Dilemma eine andere Variante zu geben, damit der andere sein Gesicht wahren kann. Manche werden einwenden, damit mache man es sich zu leicht. Aber ist es nicht manchmal heroischer, selbst dort zu vertrauen, wo wir nicht verstehen; zu schweigen, wo wir Unebenheiten und Ungereimtes entdecken; zu trösten, weil der andere einen Ort braucht, um sich »die Wunden zu lecken«, und ihn mit den eigenen Seelenängsten und Verzweiflungen nicht auch noch zu nötigen? Freundschaft ist viel mehr als angestrengte Wahrheitssuche, Bekenntnis- und Mitteilungsbedürfnis oder psychologisierende Kneipenredseligkeit. Freundschaft heißt nämlich in erster Linie, den andern sein Leben unter einem würdigen Maß erkennen und leben zu lassen, und das hat nichts mit Eifertum und Wahrheitsfanatismus zu tun, sondern mit Pflege, Sorgfalt, Einfühlung und der Wärme unserer Zuwendung. Erst dann kann der Satz von Ingeborg Bachmann gelten: »Die Wahrheit ist dem Menschen zumutbar.«[1]

Geschichten

»Gott schuf den Menschen, weil er Geschichten liebt«, sagt der Friedensnobelpreisträger Elie Wiesel, der Auschwitz und Buchenwald überlebt hat. Um sich selbst zu verstehen, braucht der Mensch den Raum von eigenen Geschichten und Geschichten anderer. In Geschichten bewegen wir uns, hier probieren wir aus, was möglich, was Wahrheit oder Lüge ist, was man sagen kann und was nicht. Geschichten sind wie Probe- oder Nebenbühnen, auf denen wir experimentieren, mit der Wahrheit spielen, uns verwandeln und Alternativen zu uns selbst leben können. Geschichten bieten Schlupfwinkel und Fluchtstätten – Orte, wo das Leben erträglicher oder weniger gefährlich ist, wo wir mit einer Straflosigkeit leben dürfen, die das wirkliche Leben nicht gewährt. Manchmal subtil, andere Male grob, verfälschen wir mit unseren Geschichten das Leben, indem wir es in ein Raster aus Worten pressen, die es verkleinern oder vergrößern, um es den anderen zugänglich zu machen. Geschichten befriedigen das Bedürfnis nach einem Leben, das anders ist als das, was wir haben. Sie werden erzählt, damit Menschen das Leben spüren, mit dessen Nicht-Existenz sie sich nicht abfinden wollen. Geschichten sind überlebenswichtig, wenn wir an Scheherezade denken, die ihr Leben durch das Erzählen bewahrte, oder an Kierkegaard, dessen Losung war: »Ich rette und erhalte mir mein Leben, indem ich schreibe.« Kierkegaards Leben dokumentiert die Gefahr für die Muse Scheherezade: Als er nichts mehr zu schreiben wusste, war es praktisch beendet.

Ohne die Geschichten, die wir von uns selbst zu erzählen wissen oder von anderen zu hören bekommen, wären wir geschichtslos, heimatlos in der Zeit. Es gibt nichts Tragischeres als Menschen, die ihre Geschichte nicht erzählen können oder dürfen, weil sie zum Schweigen verurteilt wurden. Oder die eine festgefügte Lebensgeschichte haben, die keinerlei Spielraum mehr lässt, oder die zu einer geplanten, verordneten Geschichte verdammt sind.

Wir brauchen Geschichten nicht nur als Markierungen und Meilensteine auf unseren Wegen, wir brauchen sie auch, um unsere Hoffnung, dass die Welt anders aussehen könnte, und unsere Sehnsucht nach einem besseren Leben auszudrücken. Die Gefallsucht an den Geschichten ist der kürzeste Weg zur Versöhnung mit den eigenen Lebensumständen und zugleich die Widerlegung des puritanischen Gebots »Mach' keine Geschichten«, das auf naive Weise unterstellt, dass Geschichten Lügen seien. Bei den Mönchen und Einsiedlern können wir sehen, welch übermenschliche Anstrengung und Askese es braucht, ohne das tägliche Futter von neuen Geschichten auszukommen und ohne die Möglichkeit, auf diese Weise ein Stückchen Leben abzulegen und einzuordnen. Nicht nur Kinder, auch Erwachsene brauchen Spielflächen der »Unbehaftbarkeit«, das heißt Spielräume von Geschichten, in denen wir uns unbefangen und unbelastet bewegen, in die wir andere einbinden, und in denen die Art der Verantwortlichkeit eine andere ist als sonst. Wer ein Kind strafen will, nehme ihm die Gute-Nacht-Geschichte; wer den Eltern das Frühstück verderben will, nehme ihnen die Zeitung und der Großmutter den nachmittäglichen Kaffeeklatsch. Alle werden mehr oder weniger Entzugserscheinungen erleiden und gereizt reagieren, was sich sofort verliert, wenn sie wieder »gefüttert« werden.

Es gibt eine stille Übereinkunft darüber, dass der reibungslose, glatte Umgang miteinander einschließt, dass wir unsere Lebensgeschichten in verschiedene Gewänder hüllen und sie deshalb jedem Gegenüber anders erzählen – ich erzähle sie einem Kind anders als einem Erwachsenen, einer Frau anders als einem Mann -, weil wir uns dem Verständnis und den Deutungsmöglichkeiten des anderen anpassen. Wir lassen Details weg, machen Andeutungen, Mehrdeutigkeiten, retuschieren ein bisschen hie und da, machen uns ein bisschen menschenfreundlicher oder gescheiter, als wir sind. Das sind keine blanken Lügen. Wir schönen und tönen unsere Geschichten, um den anderen in sie hinein zu verführen. – Lebt letztlich nicht jede Form der Mitmenschlichkeit von diesem Wechselspiel gegenseitiger Schonung und Schönung? Liegt nicht auch Güte darin, dass wir dem anderen mit unseren Geschichten gefallen und ihn verzaubern wollen? Und dass diese »Gefälligkeit« als Beachtung oder Wertschätzung auf uns als Selbstverzauberung zurückströmt? Liegt nicht gerade im Erspüren dieser Vielfalt ein Reichtum, der uns selbst reicher und vielfarbiger macht? Bei näherem Hinsehen zeigt sich, dass kein Mensch die Realität so sieht, wie sie ist, sondern dass bereits in die Wahrnehmung eine gewisse Perspektive mit eingeht und wir die Dinge so sehen, wie es den eigenen Interessen entspricht. Der Grund dafür ist nicht nur, dass wir von der Wahrheit nur bestimmte Dosierungen verkraften, wir bedürfen geradezu einer gewissen Undeutlichkeit in unseren eigenen Geschichten und in denen der anderen, um uns Spielräume zur Gestaltung offen zu halten.

Hermes

Da der Mensch mehr über sich weiß, als mitgeteilt werden kann, ist es auch beim Thema Lüge, Trug und Täuschung lohnend, auf die traumhafte, dichterische Sprache zurückzugreifen. Oft findet man in Mythen Wahrheiten, die man nur so ausdrücken kann. Mythische Aussagen verweisen auf ursprüngliche Prototypen oder, um mit C.G.Jung zu sprechen, auf Archetypen, die als Wirkgrößen unsere Seelenlandschaft und unser Verhalten beeinflussen. Mythen können somit zum Modell dafür werden, wie die Wirklichkeit in der Gegenwart und auch in der Zukunft erfahren wird. Das schafft Vertrautheit und Berechenbarkeit und dient unserer Sehnsucht, inmitten einer überkomplexen Welt Antworten zu bekommen. Mythische Aussagen sind demnach mit rationalen Urteilen nicht als wahr oder unwahr, als richtig oder falsch abzustempeln. Es geht in ihnen vielmehr um ursprüngliche Seelenbilder, mit denen wir unserer seelischen Wahrheit näher kommen können, und um Bilder einer Welt, die für den Menschen da ist.

Wohl das eindrücklichste Seelenbild für Lüge und Wahrheit finden wir im archetypischen Bild von Hermes. Der Gott Hermes, bekannt als der »Herr der Wege und Grenzen«, der sich in jenen Grenzbereichen aufhält, wo in unserer Seele das Bekannte aufhört und das Unwegsame, Neue sich auftut. Hermes, der Gott des Handels, des Schwindels und der Dieberei -, stiehlt gleich am ersten Tag seines Lebens aus Fleischeslust die Kühe seines Bruders Apollo. Eine geschickte List benutzt er beim Wegtreiben des Viehs: Er stellt die Hufe der Tiere um und fertigt sich selbst Sandalen an, die seine Spuren unkenntlich machen. Der Analytiker Lopez-Pedraza interpretiert diese simulierte Bewegung in die Gegenrichtung als Metapher für den Vorgang des geistigen Diebstahls.[1] Die Sandalen stehen stellvertretend für die natürlichen Betätigungen des Menschen. Interessant ist, dass Hermes ausgerechnet seinen Bruder bestiehlt. Bedeutet das, dass es zu unserem seelischen Wachstum gehört, jemanden zu bestehlen, der uns seelisch nahesteht? Oder könnte vielleicht gemeint sein, dass zu unserem Werden immer auch die Nachahmung und das seelische Nehmen steht, um schließlich aus all dem Übernommenen etwas Eigenes entstehen zu lassen, ein eigenes Gesicht zu bekommen? Zumindest fällt auf, mit welcher Unbefangenheit Hermes lügt und stiehlt, als sei es die natürlichste Sache der Welt. Denn als ihn Apollo beschuldigt und die beiden, da sie sich nicht einigen können, schließlich den Göttervater Zeus anrufen, um ein Urteil zu fällen, lügt Hermes hemmungslos und streitet den Diebstahl ab. Die Unverfrorenheit seiner Lügengeschichte bringt Zeus zum Lachen, und selbst der Zorn des wahrheitsliebende Apollo schmilzt vom Leierspiel seines Bruders Hermes, er verzeiht ihm mit großer Geste, indem er auf seine Viehherde verzichtet.

Heißt das nun, dass man mit Lügen doch besser durchs Leben kommt? Wäre der Ehrliche dann nicht der Dumme? Offensichtlich befinden wir uns in einem Zwiespalt: Einerseits spüren wir die Wirkkräfte Apollos, des Gottes der Wahrheit, in unserem Bedürfnis, der Ordnung zu folgen, andererseits scheint dies oft unerfüllbar oder nachteilig für unser Leben, und Hermes erscheint auf unserer inneren Bühne – der Gott des Schwindelns, der Grenzüberschreitungen, der Diebe und Reisenden. Beide haben ihre Bereiche in unserer Seelenlandschaft. Beide symbolisieren archetypische Mächte, die in uns wirken. Beide wollen und müssen gelebt werden. So wesentlich und bedeutsam die Werte Apollos sind – schließlich basieren unsere Gesellschaft, unsere Sicherheit und unser Rechtswesen auf seinen Werten – , bedarf es doch eines Kontrapunkts, der die Gefahr der Erstarrung bannt und für Bewegung und Grenzüberschreitungen sorgt. Ohne Hermes würde das Zusammenspiel unserer seelischen Kräfte kalt und versteinert. Hermes sorgt für Sich-Wandelndes, Leichtfüßiges, und genau diesen Gegenspieler braucht Apollo. Hermes zwingt ihn, seine Dogmen und Richtlinien neu zu definieren. Würde allerdings Hermes die Führung übernehmen, wären wir in Gefahr, uns dem Taumel und dem Chaos zu übergeben, wir würden wie ein Schilfrohr im Wind in sämtliche Richtungen geweht. Jeder von uns lebt mehr oder weniger nur zur Hälfte das, was in ihm angelegt ist, und es gilt daher immer neu, das Vernachlässigte, Zu-kurz-Gekommene zu integrieren. Zum Wachstum unserer Seele ist also beides vonnöten: die Schwerkraft der apollinischen Wahrheitsliebe und die Leichtigkeit und Schwindelhaftigkeit des kleinen Bruders Hermes – das ist die Botschaft des homerischen Hymnos. [2]

Hochstapler

Wollte man eine Sozialgeschichte der Hochstapelei schreiben, müsste man sich vor allem auf die Weimarer Republik konzentrieren. Diese Epoche bildete das Klima für den Hochstapler, in diesen Jahren wurde er zu einer unentbehrlichen Figur.[1] In ihm fand man die Verdichtung des Zeitgefühls, dass alles zu kompliziert, zu verhältnismäßig, zu instabil war. Man hatte das Bedürfnis nach Vereinfachung, und so diente der Hochstapler als Spiegel der Verhältnisse, die zu unüberschaubar geworden waren, und wurde zur Symbolfigur für das Gesellschaftsspiel von Fassade und Wirklichkeit. Der Hochstapler ist wie auch der ihm verwandte Typ des Dandy ein Gesellschafts-Lügner. Er versteht es, sich den Anschein einer angesehenen Persönlichkeit zu geben, und unter Ausnutzung dieser Maske treibt er als phantasiebegabter Blender sein Unwesen und bereichert sich dabei auf Kosten anderer. Seine Lügen sind schauspielerisch glänzend, mit seiner Raffinesse durchschaut er die jeweilige gesellschaftliche Situation und nützt die Kritiklosigkeit seiner Zeitgenossen aus. Das Geheimnis seines Erfolges liegt darin, dass er während seiner Schwindelaktionen selbst an seine Lügen glaubt. Exemplarisch steht hier Thomas Manns »Felix Krull«, die geniale literarische Geschichte eines Täuschers, bei dem sich zur Hochstapelei kriminelle Energie gesellte. Zu reden wäre auch von der faszinierenden Hochstaplerkomödie »Der Hauptmann von Köpenick«. Die Aufzählung sämtlicher Täuschungsaffären aus jener Epoche würde Bände füllen. Sie beweist, dass die moderne Zeit sich in die Köpfe der Menschen zusammen mit dem Bewusstsein von Täuschung und Entlarvung als Verstellungs- und Misstrauenstraining eingenistet hat.

Mit der Inflation 1923 wurde der Staat, der seine Noten pressen ließ, ohne Gegenwerte zu besitzen, sozusagen selbst zum Hochstapler in Großformat, wenngleich er nie zur Rechenschaft gezogen wurde, da niemand ihn auf Inflationsverlust verklagen konnte. Im gleichen Jahr erschien auch das Büchlein »Die Psychologie des Hochstaplers« von Erich Wulffen, der sich als Kriminalpsychologe mit der Psychopathologie des Täuschens auseinandersetzte und damit für den Hausgebrauch von Ordnungshütern Wichtiges zum Thema Lüge aus der Schule plauderte. Nach ihm wachsen alle Verbrechen aus ganz bescheidenen Anfängen in der Kinderstube, denn für ihn sind Kinder geborene Täuscher. Im Bedürfnis nach Abwechslung ruhen die Keime späterer bürgerlicher Unordnung, und der Hochstapler vollzieht diesen Übergang des Triebs und der Träume, die das Leben weckt, ins Verbrechen, was er selbst als praktiziertes Kunstwerk interpretiert. Wulffen sieht die Wurzeln der Lüge in der verlogenen Moral der Erzieher, die von ihren Kindern einfordern, immer die Wahrheit zu sagen, für sich selbst aber in Anspruch nehmen, darüber zu bestimmen, was den Kindern zu wissen zusteht und was ihnen tunlichst zu verschweigen ist. Konfrontiert mit dieser Scheinwirklichkeit vollzieht sich bei Kindern der Übergang ins hochstaplerische Medium nur allzu leicht. Nebenbei erwähnt Wulffen als Agenten der Lüge auch die hochstaplerische Seite der Reklame und die unredliche Seite der Geschäftswelt.

Wenn wir von der Modernisierung des Lügens sprechen, so muss ein Name auftauchen: Adolf Hilter. Sein Rezept war eigentlich denkbar einfach: zuerst vereinfachen und dann permanent und suggestiv wiederholen. Es funktionierte nach dem Leitsatz: »Wahr ist, was als wahr gilt, was als wahr wirkt.« Die Vereinfachung muss natürlich erst im Politiker selber beginnen, er muss verbergen, was er mehr weiß, und sich dann autosuggestiv bündeln, um an die eigenen Lügen zu glauben, denn so entsteht Wirkung. Hitler verfolgte eine Elitetheorie, und das bedeutete damals, zu denjenigen zu gehören, die »Listen und Finten« im Daseinskampf erfinden. Die Aristokratie zeichnete sich also aus durch Verstellung und List, womit sich nach Sloterdijk der Kreis zur Hochstapelei wieder schließt.

Interessant ist, dass in jener Zeit auch zahlreiche Publikationen zum Thema Selbstbeeinflussung, Hypnose und Suggestion auf den Markt kamen und große Aufmerksamkeit auf sich zogen, denn Suggestion ist das genaue Gegenstück zu Wahrnehmung und Selbsterfahrung, weil sie Dinge plausibel macht, die den eigenen Vorstellungen entgegenkommen. Im gleichen Atemzug wäre auch die Rezeption der Psychoanalyse in den zwanziger Jahren dieses Jahrhunderts zu nennen, die sich deutend mit der Dynamik des Unbewussten und mit der Suche nach den »wahren« Motiven auseinandersetzte und somit eine Gegenströmung zum pragmatischen Realismus der Suggestiv-methoden bildete.

Auffallend ist, dass heute das Wort Hochstapler oder Hochstapelei nicht mehr so häufig zu hören ist. Es scheint nüchterner zuzugehen in deutschen Landen, oder doch weniger spektakulär. Der Zauber der großen Rollen hat sich verflüchtigt, die Spiellust, die Improvisation und die Selbstüberhöhung sind den seriösen Anzügen und gediegenen Aktenkoffern gewichen. »Was früher Hochstapelei hieß, nennt sich heute Expertentum«, meint Sloterdijk.[2] – Also braucht man heute selbst zum Schwindeln Fachleute mit einer akademischen Ausbildung!

Demoskopen diagnostizieren einen Wertewandel in Deutschland. »Es darf gelogen werden«, heißt es in der Badischen Zeitung vom 30.9.95. Mehr Bürger denn je halten Schwarzfahren, Steuerhinterziehen und Lügen zum eigenen Vorteil für zulässig. Nur bei einem Thema bleiben sie eisern: Ein Schaden, der an einem Auto angerichtet wurde, muss unbedingt gemeldet werden. Also zumindest gegenüber unseren Autos müssen wir ehrlich sein! 1991 waren noch 65 Prozent der Befragten der Meinung, man dürfe auf keinen Fall lügen, heute vertreten nur noch 44 Prozent diese Meinung. Fazit: Wir dürfen wieder lügen!

Es gibt sogar eine Stadt in Deutschland, der laut Test des Magazins Reader's Digest unterstellt wird, als unehrlichste Stadt Europas zu gelten. Die Bürger von Weimar dürften nicht sehr entzückt sein, wenn sie von dem Ergebnis des Tests erfahren. Man ließ in zwanzig europäischen Städten 200 Geldbeutel mit etwa 50 Dollar in Landeswährung auf Straßen, Läden und öffentlichen Plätzen liegen und registrierte dann, was mit ihnen geschah. Die Geldbeutel enthielten Adressen, Telefonnummern und Fotos des fiktiven Besitzers. In Weimar wurden von zehn nur zwei Geldbeutel zurückgegeben – im betuchten Lausanne war es nicht viel besser. In Stuttgart und Wien erreichten sieben Geldbeutel ihren Adressaten, in Oslo und Odense kamen sogar alle Börsen zurück. – Hut ab vor den ehrlichen Skandinaviern! Wie das Magazin schreibt, sahen die ehrlichen Finder eher so aus wie Leute, die das Geld gebrauchen könnten – also ärmere, jüngere, ausländische Bürger.[3]

Höflichkeit

Möchten Sie auf Höflichkeit, Respekt und Liebenswürdigkeit verzichten, auch wenn Sie wissen, dass die meisten Formeln und Rituale, wenn überhaupt, nur winzige Fünkchen von Wahrheit enthalten? Wem nützt, wen schützt die

Höflichkeit? Was verbirgt sich unter der Zuckerglasur sozialer Verhaltensdressur?

Zunächst einmal soll Höflichkeit Kontakt stiften und Abstand schaffen, darüber hinaus schützt sie wie ein Schirm vor Härten der Auseinandersetzung und Ablehnung. Sie ist, wie Arno Plack pointierte, »ein Polster weicher Abstoßung«, das bei Unstimmigkeiten Brücken baut und Druck oder Forderungen abmildert und verschleiert.[1] Höflichkeit hat etwas mit Einschränkung zu tun, denn sie interessiert sich nicht für unterschwellige Gefühle. Das beginnt schon in der Erziehung, wenn Eltern ihren Sprösslingen beibringen: »Sag Dankeschön ... sag guten Tag, Oma ... gib die schöne Hand.« So lernt das Kind schon früh, dass es gleichgültig ist, was es dabei denkt oder fühlt und ob es die Oma mag oder nicht. Auch für die Eltern ist die Sache erledigt, wenn das Kind tut, was sich gehört. Es ist nicht einmal reine Heuchelei, was Eltern da ihren Kindern abverlangen, weil sich die Gefühle an den Worten und Sätzen entlang entwickeln. Schwierig für das Kind wird es erst dann, wenn die Eltern nicht nur Höflichkeit, sondern auch Aufrichtigkeit und Nächstenliebe erwarten. Was bleibt dem Kind, wenn es Oma nicht leiden mag? Hier sehen wir, wie doppelbödig Höflichkeit ist, wenn sie mit moralischem Druck verbunden ist. Sie verliert sofort ihre entlastende Funktion, wenn sie mit dem Gebot der Ehrlichkeit verbunden wird.

Höflichkeit ist aber mehr als nur blinder Schliff oder schnöder Schein, das hat Wilhelm Busch aufs trefflichste beschrieben:

»Da lob ich mir die Höflichkeit,
Das zierliche Betrügen.
Du weißt Bescheid, ich weiß Bescheid;
Und allen macht's Vergnügen.«[2]

Wir alle wissen also Bescheid, aber scheinbar nur hinter vorgehaltener Hand, wenn wir Höflichkeitslügen, Ausreden, Komplimente, Aufmerksamkeiten oder Schmeicheleien erfinden. In der Tat, was einen Menschen hindert, einem anderen die schonungslose Wahrheit zu sagen, ist sein Respekt und die Achtung vor ihm. Und – ist der andere nicht letztlich ich? Schließlich erfassen, begreifen und verstehen wir nichts, ohne es erst einmal selbst zu sein, – und dann auf geheimnisvolle Weise eben doch wieder nicht. So teilen wir alle ein öffentliches Geheimnis oder Gesellschaftsspiel, das in etwa so lautet: »Ich vertrage nicht, wenn du mir die Wahrheit direkt ins Gesicht schleuderst, und ich weiß, dass du es genauso wenig verkraftest.« Oder: »Ich möchte gern etwas Nettes hören, also erweise ich dir diesen Lippendienst ebenfalls.« Nicht zufällig haben Begriffe wie »Sympathie«, »Mitempfinden« und »Mitleid« diese doppelte Bedeutung, die weit über bloße Nettigkeit hinausgeht. Sie zeugen von einer Weltsicht, die darauf baut, dass alles in der Welt einen zusammenhängenden, fühlenden Organismus bildet. Jeder Teil dieses Organismus spürt den anderen, weil er mit ihm verbunden ist. Wenn wir mit anderen in Kontakt treten, gehen wir eine Verbindung mit etwas ein, das wir letztlich selbst sind, deswegen zeugt gekonnte Höflichkeit nicht nur vom Respekt für den anderen, sondern auch vor sich selbst. Es liegt auf der Hand, dass wir für unser eigenes Wohlbefinden, unsere Lust und Freude sorgen. Das Wohlsein des anderen können wir zur eigenen Herzensangelegenheit machen, wenn wir uns in ihn einfühlen und nacherleben, was er empfindet. Da heißt es zunächst Abstand nehmen und Grenzen einhalten vor der Andersartigkeit des anderen! Wichtig ist dabei die Kunst, Umwege der Annäherung zu beschreiten, Fingerspitzengefühl zu entwickeln, Spannungen auszuhalten und sich die Zeit zu nehmen, die es braucht, einander allmählich näher zu rücken.

»Du, ich sag dir mal ganz offen ... weißt du, mein schlimmster Fehler ist halt, dass ich immer sage, was ich denke, aber ich muss dir schlicht sagen ...« Dieser zeitgenössische Ausspruch spiegelt das Gegenteil von Höflichkeit, weil er sich unter dem Anspruch rücksichtsloser Offenheit über jegliche Feinheiten und Differenzierungen hinwegsetzt und dadurch womöglich neue, tiefere Risse verursacht. Verständlich werden solche Aussprüche, wenn man sie eingebettet sieht in die Entwicklung der sechziger und siebziger Jahre, in denen sich ein formloser, kumpelhafter Ton durchzusetzen begann, sozusagen als Reaktion auf das Schweigen und die Verlogenheit der Elterngeneration, auf den bürgerlichen Drill mit seinen Anstandsbüchern und Tanzschulen. Vorgänge der Annäherung fanden hier sozusagen im »prestissimo« statt, man duzte sich sofort, erzählte binnen kürzester Zeit seine intimen Probleme oder Geschichten, schützende Hemmungen und Schamgrenzen wurden niedergerissen. Die Enthüllung von Geheimnissen, Körper- und Seelenblöße waren angesagt, die sich in den Talkshows und politischen Debatten noch heute unbeirrt fortsetzen. Wenn ein Moderator einem Prominenten Intimstes entlockt, kann er sich des Applauses sicher sein. Wir haben regelrecht verlernt, dass es legitime Distanzbedürfnisse gibt, denn das hat mit Abstand nehmen zu tun, und das heißt auch: etwas unterlassen, nicht handeln, Verzicht üben. Wahrscheinlich sind wir uns der Verletzbarkeit unserer inneren Welt um so weniger bewußt, je mehr wir sie preisgeben und loswerden wollen. Wir müssen erst wieder lernen, Abstände und Grenzen neu zu respektieren und sie als Chance der Gestaltung von wirklicher Nähe zu begreifen. Das Wissen um die Höflichkeit und die Seelenhygiene der Distanz und der Zurückhaltung sind Bedingungen für wirkliche Nähe, die nur dann entstehen kann, wenn wir unterscheidungsfähig werden.

Da die uneigennützige Anteilnahme am anderen in unserer Zeit, die es laut Bert Brecht so schwer macht, freundlich zu sein, eher selten zu finden ist und wahrscheinlich auch sehr viel Reife, Weisheit und innerer Arbeit bedarf, greifen wir zur Höflichkeitslüge, die jene echte Teilnahme durch verschiedene Spielarten des Charmes, der Eleganz und der Lebenskunst nachahmt oder simuliert. Hier beginnt die Schwierigkeit: Wie soll man zugleich höflich und aufrichtig sein? Aber wer hat es schon gern, wenn man ihm ungefragt den Knüppel der nackten Tatsachen auf dem Rücken tanzen lässt: »Versager! Dummkopf! Fettwanst!«, weil man zu herzlos und phantasiearm ist, um die Wahrheit mit einem respektvollen, tröstlichen Mäntelchen zu umgeben? Oder wer wäre nicht gekränkt, wenn er vom Beschenkten hört, wie weit Erwartung und Erfüllung auseinander liegen? Ist nicht der Akt des Schenkens allein es wert, dass man seine Freude zeigt, auch wenn man meint, dass der andere meilenweit danebengegriffen hat oder womöglich etwas nur woanders deponieren wollte? Ist es nicht geradezu Pflicht, ja menschliche Tugend, die Wahrheit zu schönen oder zu färben? Und führt nicht gerade dieses tröstliche Mäntelchen zu einer gewissen Wahrheit? Etwas überspitzt gesagt: Indem wir etwas vortäuschen oder schönen, lernen wir wahrhaftig zu sein. Denn Höflichkeit hat mit Liebe zum Nächsten zu tun, sie ist es zwar nicht unmittelbar, sie kopiert aber zumindest ein situationsgerechtes Verhalten, das aus Achtung und Respekt kommt. So wie Kinder über die Imitation ihrer Eltern zur eigenen Erkenntnis gelangen, kann auch das Spiel der Erwachsenen, die Höflichkeit, zu einer echten Reaktion auf das Gegenüber werden. Anders gesagt: Man wächst hinein in das, was man sagt. »Ich sage dir, dass du heute besonders gut aussiehst. Vielleicht wirst du dadurch entspannter, und ich entdecke neue Züge an dir, die mich dir näherbringen.« So kann Höflichkeit, auch wenn sie die Unwahrheit ist, zu einem Geschenk, einer Freundlichkeit werden, die den anderen in einem liebevolleren Licht erscheinen lässt. Die enge Verknüpfung zwischen Höflichkeit, Verstellung und Lüge legt den edlen Grundsatz der Wahrheit zugunsten des Spielerischen aus. Im Grunde ist sie eine Art geistig-seelischer Übung, um im Umgang miteinander vom Schein zur Wahrheit zu gelangen. Übrigens: Wer höflich ist, spart Kräfte.

Horoskope

Eine Umfrage des Wickert-Instituts 1996 ergab, dass die meisten Menschen Horoskope in Zeitschriften und Illustrierten nur aus Spaß anschauen. Immerhin schenken sieben Prozent der Leser den Horoskopen Glauben und zwei Prozent richten sogar ihre Lebensplanung danach. Warum sind Horoskope so beliebt? »Der plausible Grund für die Beliebtheit ... liegt paradoxerweise darin, dass sie wahr sind«, sagt der amerikanische Psychologe Adrian Fulham. Auch wenn es keine rationalen Gründe dafür gibt, sich auf Horoskope zu verlassen, spielen sie doch eine wichtige Rolle in unserer sozialen Welt, die nicht ohne das Fiktionale, ein wenig Lüge und Selbstbetrug über die Runden kommt. Horoskope spielen uns die Antwort auf die Frage: »Wie soll es bloß mit mir weitergehen?« mit einer Treffsicherheit zu, die für viele einem Aha-Erlebnis gleicht. Kein Wunder, denn sie enthalten vornehmlich Allgemeinplätze und überwiegend positive Aussagen, in denen sich jeder irgendwie gemeint findet und zustimmen kann. Wer würde es nicht als treffend empfinden, wenn es heißt: »Im Innersten fühlen Sie sich unsicher und manchmal einsam, aber Sie verstehen es, äußerlich selbstbewusst und stark zu erscheinen.« Oder: »Sie kennen Ihre Schwachpunkte, es gelingt Ihnen aber im großen und ganzen, sie immer wieder auszugleichen. Sie sollten Ihre Bequemlichkeit überwinden und mehr für die Fitness Ihres Körpers tun.« Der direkte Ton der Behauptungen vermittelt das Gefühl, man sei durchschaut, die kleinen Geheimnisse, die man so hinter vorgehaltener Hand treibt, seien aufgedeckt worden und man sei dennoch auf dem rechten Weg. Sie geben auch ein bisschen das Gefühl von Überlegenheit, wenn man sich aus der Verlegenheit gegebener Umstände hinausdenken kann. Die Erfahrung aus meiner Arbeit mit Menschen zeigt, dass selbst die klügsten Köpfe sich durch die meist harmlosen Lügen der Horoskope gern erheitern lassen. Zumindest kann man für einen Moment aus der Sklaverei gegebener Umstände aussteigen.

Menschen, die auf Horoskope vertrauen, glauben ohnehin vor allem die Aussagen, die eintreffen, und die vielen, die vermeintlich nicht zutreffen, werden in der Regel rasch verdrängt oder einfach vergessen. Was bewirken Horoskope? Sie vermitteln Entlastung und Sicherheit, Ermutigung und Hoffnung. Man erhält die Botschaft und Bestätigung, dass man von seinem Wesen her so und nicht anders beschaffen sei, und das beruhigt das Gewissen und vertreibt Schuldgefühle. Ängste und Sehnsüchte können in den Alltag eingeordnet werden. Man braucht nicht mehr so viel Angst vor sich selbst und den anderen zu haben. Man ist eben nun mal so, wie man ist! Das tut dem verunsicherten und verwirrten Ich wohl angesichts der vielen widersprüchlichen äußeren und inneren Stimmen, die das »Erkenne dich selbst« so schwer machen.

Als anonyme Beistände für das unsichere Ich können die Illustrierten-Horoskope hilfreich und versöhnend sein, weil sie uns in einem bedeutungsvolleren Licht darstellen. Auch wenn es sich um Illusionen handelt, die im Sinn ihrer Sprachwurzel *ludere*, spielen, bedeuten, so sind sie doch für viele ein unverzichtbares Beruhigungsmittel. Jedenfalls werden in den Medien unbeirrbar weiter Horoskope abgedruckt, auch wenn sie weder die Sensibilität noch das psychologische Gespür einer routinierten Wahrsagerin haben. Prophezeien sie uns Glück und Wohlstand, so glauben wir ihnen aufs Wort, erschrecken sie uns mit Pech und Gefahr, so gehen wir eben achselzuckend weiter. Zumindest sind Lügen solcher Art nicht die mit den schlimmsten Folgen.

Intrige

»Das Leben in den 90ern spielt sich auf der Überholspur ab«, so war Ende '95 in einer österreichischen Zeitung zu lesen. Immer besser, immer effizienter, immer flexibler muss man sein. Manche halten das durch, anderen geht die Puste aus, und immer mehr üben sich in List und Tücke, um an ihr ersehntes Ziel zu kommen, wo aber leider bereits ein anderer sitzt. Was bleibt dann, wenn man sich so verbissen hochgearbeitet hat? Soll man resignieren, standhalten, aussteigen, flüchten? In einer so verunsichernden Welt, in der man das große Ganze, dieses Chaos von Geld, Prestige, Parteien und Ideologien, ohnehin nicht mehr durchschaut, wächst das, was man früher Hochstapelei nannte, unter dem Mantel von Gediegenheit und Seriosität als Intrigantentum par excellence heran. Man stellt Fallen, schädigt den Ruf von Konkurrenten oder inszeniert blanke Lügen und erfindet lügnerische Varianten zu dem, was offiziell Karriere heißt. Die Fälle von Irreführung, Täuschung oder Betrug im Kampf um Lehrstühle und Doktorhüte vermehren sich selbst unter den Wissenschaftlern. Forschungsergebnisse werden gefälscht, manchmal auch einfach erfunden, Doktorarbeiten werden aus verschwiegenen Quellen recycelt, und meist haben diese Lügen sogar lange Beine, weil sie erst nach Jahren oder nur durch merkwürdige Zufälle ans Licht kommen.

Intrige ist wohl eine der hinterhältigsten Kommunikationsformen, die mit Lügen operiert. Intriganten wollen auf keinen Fall entlarvt werden, sind auch schwer zu durchschauen und zu überführen. Was ist das eigentlich: Intrige? Jeder hat Angst davor, man denkt an Verwicklungen durch hinterlistige Behauptungen, aber wie die Intrige funktioniert, können eigentlich nur die Opfer beschreiben, wenn sie hilflos im Netz der halbwahren, teilwahren oder verlogenen Informationen zappeln und Gesicht, Job oder sozialen Rang verloren haben.

Seiner lateinischen Wurzel nach bedeutet Intrige »Verwicklung, Verwirrung ...« Nicht nur Unaufrichtigkeit, sondern auch Feigheit ist beim Intriganten mit im Spiel, denn er selbst wird kaum aktiv, sondern vertuscht seine Rolle und stiftet andere an, ihm in die Hände zu arbeiten. Zur Kunst der Intrige gehört nämlich in der Regel ein »Trio infernale«: ein Urheber, ein Vollstrecker und ein Opfer. Bei dem schwachen Selbstwertgefühl der meisten Menschen reicht meist schon die Andeutung, dieser oder jener habe etwa gegen... , und schon hat man eine mögliche Intrige angestiftet. Die Machart der Intrige lässt sich als einfache Formel festmachen: A erzählt Schlechtes über Konkurrent

B, woraufhin sich der Entscheidungsträger C von B abwendet und A bevorzugt. – So einfach ist das! Man denke an die im amerikanischen Wahlkampf fast schon obligatorisch aufgedeckten »Frauengeschichten« der Kandidaten, die jedesmal schon im Vorfeld einige Bewerber aus dem Feld schaffen.

Die meisten Intriganten tarnen sich und treiben ihr Spiel im Dunklen. Intrigen werden aber zusehends auch an Wirtshaustischen angezettelt, wo sich Wein- und Lügenspuren miteinander verwässern. Wenn es für das Opfer glimpflich ausgeht, sitzt vielleicht ein Freund da, der rechtzeitig warnen kann, um Abwehrmethoden zu entwickeln.

Drei Formen der Intrige beschreibt der Soziologe Gustav Adolf Pourroy: den »Billardstoß« (indirekter Angriff), den »Schuss auf die Achillesferse« (Ausnützen einer Schwachstelle) und das »Komplott« (Verkettung von Angriff und Schwachstelle).[1] Eine altbekannte Technik indirekten Angriffs ist der anonyme Brief. Der Urheber bleibt im verborgenen, und je nach Absicht kann die Wirkung für das Opfer verheerend sein. Zur gezielten Steuerung von Information wird wohl am häufigsten die Deckung durch den »unsichtbaren Dritten« verwandt. Man tut so, als hätte man eine Sache von irgendwem aufgeschnappt, und bringt diese »zufällige« Information, natürlich unter dem Siegel der Verschwiegenheit, in Umlauf, womöglich noch mit dem verstärkenden Zusatz: »Vergessen Sie, was ich gesagt habe, vielleicht habe ich mich ja getäuscht.« Die Tücke des Ausnützens von Schwachstellen des Opfers liegt in ihrem Körnchen Wahrheit. Jemand fehlt etwa ein paar Tage am Arbeitsplatz. So kann der Intrigant gezielt von »gesundheitlichen Problemen« des bedauernswerten Kollegen sprechen, auf dessen Sessel er schon lange wartet. Beim Komplott haben es alle auf dasselbe Opfer abgesehen und im Schnitt gleich viel zu gewinnen oder zu verlieren. Oft steht eine große Interessengruppe gegen eine andere kleinere. Wie beispielsweise, wenn drei Studentinnen sich verbünden und behaupten, ein Professor habe sie sexuell belästigt. Wie kann sich ein Professor dann noch verteidigen?

Worauf gründen all diese Strategien und Pläne? Warum müssen andere Menschen entwertet werden, um eigene Ziele zu verfolgen? Warum entscheiden sich Menschen für den Weg der Lüge? An sich sind Intriganten machtlos, denn sonst würden sie nicht den verschlagenen Umweg über die Lüge wählen. Grundlage ist sicher das geringe Selbstwertgefühl des einzelnen, das sich nur über die Entwertung anderer stabilisieren kann. Aber der Hintergrund dafür ist eben eine Gesellschaft, in der man sich hervortun muss, um überhaupt bemerkt zu werden, in der Erfolg und Effizienz zur neuen Religion erkoren wurden, in der Halbwahrheiten das geistige Klima bestimmen. Damit fühlt sich der einzelne aufgerufen, seine Möglichkeiten mit allen zur Verfügung stehenden Mitteln zu verwirklichen und jede Einbuße oder Schmälerung als persönlichen Misserfolg aufzufassen. Daher ist die Verlockung, durch List und Tücke zu mehr Erfolg und Anerkennung zu kommen, vor allem für diejenigen groß, die ohnehin den einfacheren Weg über die Seiten- oder Hintertüren bevorzugen anstelle des schweißtreibenden und oft einsamen Weges der Disziplin und der Ausdauer. »Die endlosen Stellungskämpfe im Geschäfts- und Berufsleben«, schreibt der Filmregisseur Martin Thau, »haben schon manchem Aufsteiger die Einsicht beschert, dass seine Arbeitskraft mit steigendem Rang der Bekämpfung von Machenschaften zufließt. Aber auch private Beziehungen verfallen zusehends dem Gift der Intrige.«[2] Rivalinnen, die schlecht übereinander reden, sind deswegen noch nicht intrigant, wenn aber die eine etwa im Namen der anderen eine Offerte bei einem

Heiratsinstitut aufgibt, setzt sie damit Energien frei, die nicht mehr ihre eigenen sind.

Ironie

»Liebe Amerikaner, die Bombardierung Russlands beginnt in fünf Minuten« – eine Ankündigung des Präsidenten der Vereinigten Staaten von 1984, die alle, die sie vernahmen, in Panik versetzen sollte. Wollte sich Ronald Reagan lustig machen über die, die an seiner Friedensliebe zweifelten? Dieser »Joke« erzeugte aber weder Schmunzeln noch Aufruhr. Im Gegenteil, die Bevölkerung reagierte mit Empörung und Ablehnung auf diese ironische Sentenz. Zumindest zeigt dieses Beispiel, dass Ironie ein problematisches Mittel ist.

Fragen wir erst einmal nach seiner Bedeutung. »Ironie« kommt vom griechischen Wort *eironeia*, das Verstellung, Spott, Ausflucht, Vorwand bedeutet. Ihre theoretischen Wurzeln liegen in der Philosophie der Antike, der zufolge der ironische Sprecher eine verborgene Bedeutung des Gesagten benutzt, die der gewohnten wörtlichen Bedeutung entgegengesetzt ist. Mittels Tonfall, Mimik oder Gestik kann der Zuhörer die Ironie erfassen, wenn er merkt, dass die wörtliche Äußerung widersprüchlich ist, keinen Sinn hat oder einen Bruch aufweist gegenüber dem, was eine Person sonst vertritt.

Eine bekannte Ironie-Floskel soll dies verdeutlichen: Draußen herrscht furchtbares Wetter. Der Mann sagt zu seiner Frau: »Was für ein phantastisches Wetter! Da bekommt man doch richtig Lust, Bäume auszureißen, nicht wahr, Schatz ...?« Eines meint dieser Mann sicher nicht:

das, was er sagt. Er lügt zwar nicht, aber er verweigert eine direkte Stellungnahme. Und das ist seine Lüge, dass er etwas behauptet, was er nicht meint. Ironie ist also etwas ganz anderes als Humor, für das so viele sie halten. Ihr wichtigstes Merkmal ist die Trennung des Wortes von den Tatsachen und des Erlebens vom Wort. Neuerdings ist man geradezu süchtig nach der Gelegenheit, etwas zu sagen, ohne dass man es gewesen ist. Das Streben nach Uneigentlichkeit hat selbst die Kreativen aus der Werbebranche angesteckt. Sie fassen ihre Wörter nur noch mit spitzen Gänsefüßchen an. Sie tun, als zitierten sie: Lernen mit »Spaß«, echt »stark«, und schon klingt es ironisch. Eine Ladenbesitzerin soll ihr Namensschild mit Conny »M.« gemalt haben lassen.

Warum verwenden Menschen die Verstellung durch Ironie? Der Zweck des Ironisierens ist zunächst mal ein verschwommenes Sich-Distanzieren.[1] Man legt sich nicht genau fest, ist nicht klar und eindeutig, sondern überlässt die Deutung des Gesagten den anderen. Man entzieht sich und gibt sich nicht preis, so kann man auch nicht haftbar gemacht werden für das Gesagte, weder als Befürworter noch als Gegner. Da ist Lob vermutlich Kritik, Kritik ist eigentlich Lob, aber vielleicht auch nicht. Man sagt etwa: »Das hast du aber wirklich toll hingekriegt«, um seine Kritik zu vertuschen. Und wer die Ironie oder das, was mitschwingt, nicht versteht, ist eben dumm oder unterlegen. Auffallend dabei ist, dass Ironie viel häufiger zum Ausdruck von Missbilligung als zum Erteilen von Lob verwendet wird. Vielleicht hängt das mit unserer Erfolgserwartung zusammen, die man gezielt mit Ironie widerspiegeln kann, um den Erfolglosen zu verspotten.

Die Ironie spaltet die Zuhörer sozusagen in zwei Gruppen: in diejenigen, die das Gesagte wörtlich und für bare Münze nehmen, und die, die gewissermaßen unter einer

Decke stecken, weil sie die Verstellung bemerkt haben, »wissend« sind und sich deswegen über die anderen mokieren. Ironie vermittelt also, dass es Eingeweihte, Wissende und Naive, Dümmere gibt und dass man besser durchkommt, wenn man zu den »Erhabenen« gehört. So könnte man sagen, dass in der Ironie alle Ingredienzien eines Machtspiels enthalten sind, das in oben und unten spaltet. Wer will schon das verachtende Herabblicken der Eingeweihten auf sich ziehen? Um Mitspieler zu sein, bleibt einem nicht viel anderes als bei dieser Pseudokommunikation mitzuhalten. Der fragwürdige Gewinn heißt Dabeisein und Akzeptanz.

Welche seelischen Bedürfnisse werden durch ironisches Verhalten gestillt? An erster Stelle steht zweifellos das Bedürfnis, sich überlegen zu fühlen. In der Regel entspringt dieser Wunsch Verletzungen, die von den Betroffenen weit verdrängt wurden und sich nun als Verachtung und Überlegenheitsanspruch ein Ventil schaffen, um sich zu rächen.

Was die Ironie verhindert, ist Verbindlichkeit, Anteilnahme, Offenheit und Vertrauen. Wenn die Sprache zu oft verwendet wird, um Wirklichkeit zu entstellen oder zu verwirren, hat sie keine Verbindlichkeit mehr und steht daher auch nicht mehr zur Verfügung, wenn es um verbindliche Gefühle, Gedanken und Urteile oder Vereinbarungen geht. Manches empfinden die anderen dann als ironisch, was gar nicht so gemeint war, weil sie gelernt haben, dass sie nicht gut beraten sind, auf das zu bauen, was ein Ironiker ausdrückt. Ironische Menschen sind vor allem für Kinder ungenießbar und destruktiv. Kinder sind auf verhandelbare Wirklichkeit angewiesen. Für sie ist es besonders verwirrend, wenn Worte und Erleben, Worte und Wirklichkeit nicht mehr verbindlich sind. Aber nicht nur sie, wir alle sind, wollen wir Vertrauen untereinander entwickeln, darauf angewiesen, dass Sprache als Ausdruck der

Wirklichkeit verwendet wird und verbindlich ist. Wäre das nicht eine schönere Welt, wenn man direkt sagen könnte: »Ich will und ich werde die Verantwortung für diesen Fehler übernehmen.« »Ich will und ich werde dich nicht verletzen.«?

Verwandt mit der Ironie ist die Steigerung der Verachtung durch Polemik. Geht die Ironie meist eher indirekt vor, greift der Polemiker direkt und ausdrücklich an. Sein Ziel ist die Herabsetzung, Herabwürdigung und Beschämung des Gegenspielers – nicht mit Sachargumenten, sondern mit gezielten Schlägen unter die Gürtellinie. Beispiele aus der Zeit der Nationalsozialisten oder Entgleisungen bei Bundestagsdebatten würden Bände füllen. Es lohnt sich nicht, sie zu zitieren, denn Polemik kann man in ihrer plumpen Unsachlichkeit nur ablehnen und sich von ihr distanzieren, weil man ihr nicht mit Argumenten begegnen kann und weil es letztlich meist nicht um Sachfragen geht. Die Polemik ist die Arena der Salonlöwen, die ihre Macht sehr hoch einschätzen und statt der Faust die Sprache als grobe Waffe benutzen, wenn die sachlichen Argumente fehlen. In solch einem Klima gedeihen Gewalt und Menschenverachtung, weil Humanität außer Kraft gesetzt wird.

Kinderlügen

Während wir Erwachsenen Täuschung und Lüge eher als ein heikles Thema erleben, fällt sie Kindern ganz natürlich und spielerisch zu und meist viel früher, als die meisten Erwachsenen denken. Wenn wir davon ausgehen, dass die Lüge eine sprachliche Handlung beziehungsweise Behauptung ist, in der auseinanderfällt, was jemand sagt und was er weiß, so muss das Kind die Sprache erworben haben, ehe es lügen kann. Laute, Mimik und Wörter – die ursprünglichsten Ausdrucksmittel – sind noch keine Behauptungen, sondern Gefühls- oder Wunschwörter. Auch das unbewusste, spielerische Phantasieren und Fabulieren, das von Erwachsenen oft als Lüge missdeutet wird, ist noch kein Lügen im strengen Sinn, zumal die Wunsch- und Phantasievorstellungen des Kindes oft derart lebhaft sind, dass sie vom Kind einfach für Wirklichkeit genommen werden. Kleine Kinder kennen noch keine klaren Grenzen zwischen Wahrheit, Lüge, Rücksichtnahme und Offenheit. Sie müssen erst lernen, dass es Spielregeln für die Unterscheidung zwischen Lüge und Wahrheit gibt. Jean Piaget war der erste, der den Begriff der Lüge im Zusammenhang mit der kognitiven Entwicklung des Kindes untersuchte und herausfand, dass das kindliche Verständnis von Lüge sich schrittweise entwickelt.[1] Vom Gebrauch ungezogener Wörter über erfundene Geschichten und Irreführungen bis hin zu vorsätzlich unwahren Aussagen lernen Kinder Täuschungen und Lügen ganz natürlich einzusetzen, indem sie sich an die Konflikte und Erwartungen in ihrer Umwelt anpassen. Etwa im Alter von sechs Jahren begreift das Kind so langsam, dass nicht alle Menschen dieselbe Sicht der Dinge haben. Diese Erkenntnis ermöglicht moralische Einfühlung, aber zugleich auch eine neue Art von Täuschung. Denn zunächst denkt jedes Kind, dass sein eigener innerer Zustand nur ihm selbst bekannt sei, während es die Absichten der anderen durchschaut. Bald merkt es aber, dass die anderen sich ebenso verbergen können wie es selbst. Es lernt, dass es von anderen durchschaut werden kann hinsichtlich seiner Täuschungspläne, und beginnt, sich selbst und den anderen gleichzeitig zu sehen und damit wechselseitige Einfühlung zu entwickeln. Auf dieser neuen Erkenntnisstufe gehört für das Kind zu einer Täuschung oder Lüge auch das Verbergen des eigenen inneren Zustandes, nicht nur die Geheimhaltung eines schlauen Täuschungsplanes. Es scheint sogar so, als würde dieses Verhalten Kindern ganz natürlich zufallen, während aufrichtiges und wahrhaftiges Verhalten erzieherische Bemühungen und Aktivitäten erfordert.

Erst dann, wenn das Kind Dinge benennen und im Dienst der richtigen oder falschen Darstellung verwenden kann, um gewisse Absichten damit zu verfolgen, kann es also jene Leistung vollbringen, die wir als Lüge bezeichnen. Dies geschieht im Alter von vier Jahren oder vielleicht sogar früher. Bis zum Alter von etwa acht Jahren ist für Kinder jede unrichtige Ausage eine Lüge, die Absicht spielt dabei keine Rolle. Es geht nur darum, ob die Aussage wahr oder unwahr ist. Die österreichische Forschungsgruppe Wimmer und Kollegen hat bei Versuchen mit vier- und sechsjährigen Kindern aber mittlerweile nachweisen können, dass sie durchaus so etwas wie Absichtlichkeit einbeziehen, wenn es um ihr moralisches Urteil über Personen geht, die eine falsche Aussage gemacht haben.[2] Interessant ist, dass die gleichen Fähigkeiten, die zur Lüge gehören, auch zur Entwicklung positiver sozialer Eigenschaften notwendig sind. Beides bedarf des Einfühlungsvermögens und des Mitgefühls. Marie Vasek bringt es auf den Punkt: »Derselbe Prozess, der das Kind in die Lage versetzt, ein Täuschungsverhalten zu entwickeln, ermöglicht ihm auch, die eigenen Handlungen allmählich aus der Sicht der gesellschaftlichen Gruppe, der es angehört, zu betrachten... Was zur Täuschung benötigt wird, ist auch dienlich, wenn es darum geht, Mitgefühl zu entwickeln oder die eigenen Handlungen mit denen anderer abzustimmen; ohne diese Fähigkeiten könnte die menschliche Gesellschaft nicht existieren.«[3]

Wesentlich ist, dass Kinder bereits im Alter von vier Jahren wissen, dass die Absicht zu lügen etwas Verwerfliches ist. Kleine Kinder sind nach Aussagen der Forschung »Wahrheitsfanatiker«; erst im Alter von neun bis elf Jahren werden sie flexibler. Sie denken mehr situativ und halten nicht mehr jede Lüge für unrecht. Während für die älteren Kinder der Verlust von Vertrauen als Folge der Lüge gefürchtet wird, ist die Angst vor Strafe für die Kleinen das Abschreckungsmittel schlechthin.

Kinder haben ein ausgeprägtes Gespür für Wahrheit und Lüge. Selbst wenn Erwachsene ihnen die aberwitzigsten Geschichten erzählen, können sie Lüge von Wahrheit genau unterscheiden. Kinder sind in höchstem Maß irritiert, wenn sie feststellen, dass zwischen der verbalen Aussage ihrer Eltern und deren Körpersprache keine Übereinstimmung besteht. Intuitiv wissen sie das, was Eugen Drewermann aus der Sicht der Moraltheologie formuliert hat: »Niemals lügt ein Mensch, ohne mit sich selbst in Widerspruch zu geraten. Bereits während der einzelnen Lüge verrät zumeist der körperliche Ausdruck deutlich genug die mit Worten versteckte Wahrheit, und man muss schon viel Übung und Routine in der Lüge besitzen, um nicht wider Willen doch all jene Signale von sich zu geben, die … unzweideutig sagen, dass man lügt.«[4]

Es ist sicher kein Zufall, dass Kinder in dem Alter, in dem sie schulreif werden, mit Lüge und Täuschung umgehen und sie zu ihrem Nutzen einsetzen können. Was zunächst ganz spielerisch und lustvoll beginnt oder einfach nur Spaß macht und so etwas wie einen schonenden Umgang mit der Realität oder einen Schutzraum vor der nüchternen Realität schafft, wird mit wachsendem Alter und mit zunehmender kommunikativer Kompetenz immer gezielter strategisch eingesetzt, um Strafen zu entgehen, um andere übers Ohr zu hauen oder hinters Licht zu führen, um im Konkurrenzkampf um Leistung mitzuhalten, um die Gefühle anderer zu schützen oder um andere vor Beschämung zu bewahren. Wir sollten nicht auslassen, dass Kinder oft lügen, um ihre Geheimnisse zu schützen, die für ihr Heranwachsen so wichtig sind, weil sie das eigene Recht auf Privatsphäre ausdrücken. Aber auch als Ventil für Aggressionen spielt die Lüge eine wichtige Rolle, man kann angreifen oder provozieren, ohne dafür zu haften. Eines der Hauptmotive in der Schule ist die Rivalität und das Konkurrenzdenken, denn in der Schule lernen Kinder, dass sie bewertet und beurteilt werden, dass sie »brav« und »gut« und vor allem »besser als die anderen« zu sein haben, um »eine gute Figur« zu machen. Die Angst vor den anderen und der Druck von seiten der Lehrer und Eltern ist also nicht nur reines Phantasieprodukt – im Gegenteil -; unsere Bildungsinstitutionen, die nach dem Leistungs- und Rivalitätsprinzip funktionieren, sind Brutstätten für Täuschung und Lüge. In der Schule lernen Kinder sämtliche Feinheiten und Schattierungen der Täuschung – etwa durch Wettbewerbe, Wettkämpfe, Spiele und gemeinsame Unternehmungen. Sie lernen die Kunst der Irreführung, lernen, ihre Mitschüler zu manipulieren und ihr Verhalten so zu modifizieren, dass es dem Bedürfnis des Lehrers entspricht. Sie lernen, dass es eine ganze Palette von Wahrheiten gibt und dass es auf manche Fragen mehr als eine wahre Antwort gibt. So formt sich allmählich die Erkenntnis, die man auf einen Nenner bringen könnte: Wer alles sagt, gilt als dumm, naiv oder langweilig. Wer sich auf die nackte Wahrheit versteift, gilt als stur oder hartnäckig. Wer nicht imstande ist, Lügen zu übersehen, gilt als misstrauisch und kleinlich. Auch die Wahrheit bedarf der Dosierung und des Maßes, sie besitzt Nuancen und kommt manchmal nicht ohne Abstriche aus, weil es im Zusammenleben der

Gruppe oder der Familie noch andere Werte gibt, die manchmal genauso wichtig sind. Genauer gesagt: Es geht um ein Gleichgewicht zwischen zuviel und zuwenig, will man gut miteinander auskommen.

Klatsch

In der Politik, in der Wirtschaft, in den Medien, im Sport, in Kaufhäusern, in Krankenhäusern, in Bistros und Cafés, zu Hause, beim Friseur und auf der Straße, überall tun wir es: klatschen. Natürlich gab es zu allen Zeiten Tratsch, Lügengeschichten, Kantinengezeter, Herren am Stammtisch und Damen beim Friseur. Doch neu ist, dass erst in unserer Zeit dieser geschwätzige, kenntnislose Umgang druck- und sendefähig geworden ist. Besonders die öffentlichkeit beachtet heute weniger denn je, dass es Ereignisse und Situationen gibt, die eines Innenraumes bedürfen, in dem sie reifen können. Sie zerstört ihn durch Klatsch, und weil der Klatsch für alle das beste Geschäft ist, hört er nimmermehr auf.

Was ist es nur, das uns so abhängig macht von einer Dauerversorgung mit einem bestimmten Stoff – sei es nun Smalltalk, Klatsch, Mitteilung, Nachrichten, Geschichten, Gerüchte? Warum kriegen wir nie genug? Ist es Neugier? Unterhaltungsbedürfnis? Geltungssucht? Wissensdurst? Wahrscheinlich von all dem ein bisschen und noch manches mehr. Jedenfalls gibt es keinen Ausweg, denn seit Menschen miteinander reden, war es so. Auch die Moralpredigten gegen das Gerede verlängern dasselbe eher um weitere unnütze Worte. Und fragen wir weiter: Wen interessiert schon eine Geschichte, wie sie der banale Alltag schreibt, im Maßstab eins zu eins? Erst die Ausschmückung von Tatsachen bringt doch Spannung und Farbe in Lebensgeschichten. Und in das Leben.

Offenbar besteht jedenfalls ein elementares Bedürfnis nach Klatsch, das weder geographische Grenzen kennt noch geschlechtsspezifisch ist. Ein Großteil unserer Kommunikation besteht aus ungesicherten, unüberprüften, unverbürgten Informationen über Mitmenschen, Gruppen, Institutionen oder Ereignisse. Wir empfinden die Halbwahrheiten, die uns aufgetischt werden, aber nicht einmal als Lügen, sondern als Ausdruck einer bestimmten Atmosphäre, die eigens geschaffen wird, um ein bisschen vom Alltag abzurücken. Auf den Spuren der Klatschlust wird deutlich, wie wir uns einer Form der Erkenntnisgewinnung bedienen, die im Gegensatz zu den Zwängen und Pedanterien des Arbeitslebens eher auf Stimmung, Genuss, »Nicht-so-genau-Nehmen« der Wahrheit und daher auch »Nicht-so-ernst-Nehmen« der Lüge aus ist, verführerisch gewürzt mit dem Kitzel der Indiskretion, der Halb- oder Viertelswahrheiten. Aber oft sind das die Lügen mit den schlimmsten Folgen, denn gegen handfeste Lügen kann man sich zur Wehr setzen, gegen Klatsch nicht.

Was den Klatsch nötig macht und inspiriert, ist eine Summe von Gratifikationen. Die psychologische Aufklärung meint, er stille unser Bedürfnis, Ventile für unsere Angst und Feindseligkeit zu finden. Doch sie sind es nicht allein. Es sind fast mehr noch eine Reihe von vitalen Verkümmerungen, die unser Leben in einen grauen Grundton eingefärbt haben: die Unfähigkeit zur Wut im rechten Augenblick, die Unfähigkeit zum Ausdruck, die Unfähigkeit, aus dem Sorgenklima des Alltags auszubrechen, wie auch die Unfähigkeit zur Hingabe und zum befreienden Feiern.

Der Klatsch gönnt uns Auswege aus solchen Verhältnissen, indem er uns ermöglicht, auf Menschen und Zustände hinzudeuten, durch die das Leben Farbe und Spannung bekommt. Man wird unterhalten. Man kann sich sicher und bequem durchsetzen, ohne sich direkt zu konfrontieren. Man kann sich »besser« fühlen, weil man nicht wagte, was der andere tat oder getan haben soll. Man muss sich nicht selbst preisgeben, sondern kann sich verstecken und bedeckt halten. Man kann Wissen gewinnen, ohne wissen zu lassen, dass man weiß; sehen, ohne gesehen zu werden, erkennen, ohne erkannt zu werden. Als Geheimnisträger wird man selbst Gegenstand der Aufmerksamkeit – bis hin zum Beneidetwerden – und erhält den Anschein von Wichtigkeit und Macht. Schließlich geht man kein Risiko ein und kann geschützt im Schatten bleiben, wenn man statt der eigenen Schwächen die Mängel, Defekte und das Unglück der anderen ans Licht bringt.

Die Erfahrung, dass jeder Mensch sich erst durch die Widerspiegelung in anderen in seiner Individualität erleben und identifizieren kann, hat zu dem Begriff der »Projektion« geführt. Sie spielt eine führende Rolle beim Klatsch. Fragt man sich nämlich selbst, was man mit einer bestimmten Art von Indiskretion oder Unfreundlichkeit mitteilen will, so stößt man meist auf eigene Eigenschaften und Verhaltensweisen, die man offenbar von sich fernhalten oder nicht wahrhaben, dafür aber lieber in andere hineinsehen will. Meist ist es ein mangelndes Selbstwertgefühl oder ein »allzu auffälliger Drang nach Anerkennung«, den der Klatschende durch sein mitteilsames Verhalten offenbart.[1]

Der Klatsch befriedigt nicht nur das eigene Bedürfnis nach Beachtung, sondern ist auch unverzichtbar für das Zugehörigkeits- und Intimitätsbedürfnis von Gruppen und Partnern. Nichts schweißt mehr zusammen, als wenn man sich verbünden und zusammenraufen kann auf Kosten eines Dritten, der nicht anwesend ist und nicht wissen darf, dass über ihn geklatscht wird, oder der zumindest sein Gesicht wahrt, indem er so tut, als ob er es nicht wüsste. Im Grunde ist es gleichgültig, worüber geklatscht wird, Hauptsache, man findet ein gemeinsames Opfer. Allerdings klatscht man nie über jemanden, der zufrieden, gesund und erfolgreich ist, sondern man klatscht über Fehler, Unglück und Ausschreitungen anderer. So funktioniert auch die soziale Kontrolle: Wer von der Norm abweicht nach unten oder auch durch besondere Leistungen, wer nicht so empfindet wie die anderen, wer freier ist als die anderen oder sich verändert, verrät die Gemeinschaft und wird vom Klatsch zurechtgestutzt und denunziert. Wer also nicht den allgemeinen Erwartungen entspricht, wird automatisch ein Opfer der Klatschmäuler, was ja in gewisser Hinsicht ein universeller Zug menschlichen Verhaltens ist – die Angst vor dem Unbekannten. So schließt sich der Teufelskreis, denn aus Angst, von der Gesellschaft abgeschnitten, abgewertet oder ausgegrenzt zu werden, passt man sich der Erwartungshaltung der anderen an, und um sich »beziehen« zu können, wirft man den anderen selbst ein paar boshafte Formulierungen, Andeutungen oder Histörchen »zum Fraße« vor. Das Gelächter, die Genugtuung und die Schadenfreude, die dann entstehen, wenn sich aus dem entspannten Plaudern eine lustige Treibjagd entwickelt, verwechselt man nur allzu gern mit »Leben«. Denn in dem allgemeinen Geklatsche, in dem man Sachen sagt, die man eben sagt, verschließt man sich letztlich gegen sich selbst und gegen das wirkliche Verstehen des anderen. Im Grunde verrät sich die Flüchtigkeit, Entwurzelung oder »Klaustrophobie« (R.Sennett) unseres alltäglichen Daseins in der Neugier und Sensationslust, die sich dem jeweils Neuesten hingibt. Den Klatschenden geht es, so viel sie auch miteinander reden, nie um wirkliches Verstehen, sondern eher um das Gegenteil – um Erwerb von Genuss und Zerstreuung, um die Vermeidung von Erkenntnissen oder Einsichten, um ein Ausweichen vor einem tieferen Blick in das Leben des anderen und des eigenen. Nicht, wer der Beklatschte ist, soll erforscht werden, sondern man kostet genüsslich das aus, was man ihm zutraut.

Das Gesellschaftsspiel »Klatsch« hat aber nicht nur Schattenseiten; im Gegenteil, nicht umsonst spricht man vom Charme des Indiskreten oder von der Lust an der Enthüllung. Ohne dieses Ventil, das ja meist hinter vorgehaltener Hand, also auch mit einem latent schlechten Gewissen behaftet ist, wäre unsere Welt wahrscheinlich ziemlich farb- und reizlos. Denn schließlich befriedigt der Klatsch, so lästig er oft ausfallen mag, unsere Enttäuschung über entgangene »thrills«, unsere unstillbare Neugier auf Geschichtenfutter aller Art und lässt uns aus den engen Fesseln der gesellschaftlichen Konventionen ausbrechen und teilhaben am Tun und Treiben unserer Mitwelt. Euphemistisch gesagt: Klatsch ermöglicht Anteilnahme an den Missgeschicken anderer. Aus Anteilnahme kann Einfühlung oder Mitleid erwachsen, wenn sie nicht wie beim feindseligen Klatsch als Waffe benutzt wird. Und der Gewinn für das eigene Ich ist eigentlich unschätzbar, denn letztlich legt man, ob man es will oder nicht, weniger die Schwachstellen der anderen bloß als vielmehr seine eigenen verleugneten Ängste, Wünsche und Schwächen. Klatsch als Bumerang offeriert sozusagen gratis Selbsterkenntnis. Wenn er verstummen würde, wären wir um einiges ärmer.

Krankheit

Die Erziehung durch die Familie, Schule und Berufsausbildung, die Information aus den Medien, das Gespräch mit Freunden und das eigene Experimentieren vermitteln uns Lebens-techniken, durch die wir die vorhersehbaren Anforderungen des Alltags meistern. Solche Säulen der Gewohnheit und Gewissheit geben uns das Gefühl: So geht das, so macht man das! Aber was tun, wenn diese Normalität zerbricht, wenn wir nicht mehr Macher des eigenen Lebens sind – wenn wir krank werden, Schmerzen erleiden, unseren Arbeitsplatz verlieren oder einen nahestehenden Menschen? Solche Situationen sind mit den erlernten Verhaltensweisen gewöhnlich nicht mehr zu bewältigen. Wenn wir selbst betroffen sind, laufen wir Gefahr, in Panik zu geraten, aus der Bahn geschleudert zu werden, in Depression zu erstarren oder in Sinnlosigkeit zu versinken. Und wenn wir einem anderen begegnen, der von solchem Leid betroffen ist, werden wir befangen, hilflos und unsicher. Wir fühlen uns bedroht, uns fehlen die Worte, weil wir nicht gelernt haben, mit Situationen umzugehen, in denen wir nichts machen können.

Wie existentiell die Folgen von Wahrheit und Lüge sein können, wird überdeutlich in jeder Situation, in der Ärzte oder Angehörige vor die Frage gestellt werden, ob sie ihren todkranken Patienten sagen sollen, wie es um sie steht. Obwohl es handfeste Gründe gäbe, die Wahrheit zu sagen, wissen wir gleichzeitig, dass sie tödlich sein kann, wenn sie dem Patienten den letzten Rest an Lebensmut nimmt. Die Lüge hingegen könnte Lebenskräfte erhalten oder gar neue wecken. Noch vor zwei Jahrzehnten wurden schwerkranke Patienten nur unvollständig oder gar nicht über ihr Leiden aufgeklärt. Begründet wurde diese »Verschleierungstaktik« mit der Unreife und dem mangelnden Verständnis des Patienten, außerdem sollte er geschont und geschützt werden, um die Arbeit des Arztes zu erleichtern. Die Rede war von barmherzigen Lügen. Sie führten aber häufig zu neuen Qualen, wenn den Angehörigen die Diagnose mitgeteilt wurde, mit der sie oft nur schlecht umgehen konnten, während die Patienten, die die Wahrheit aus dem Mund ihres Arztes erfahren wollten, im Unklaren gelassen wurden. »Alle wollen die Wahrheit wissen«, lautet der Trend heute, und in der Fachwelt herrscht die Meinung, dass dem Patienten in jedem Fall die Wahrheit gesagt werden sollte; die Frage sei nur »wie«, »wann« und »durch wen«. Die Realität zeigt aber, dass die meisten Ärzte zu wenig Zeit für ein ausführliches Gespräch haben, so dass meist das Pflegepersonal mit den Gefühlsreaktionen des Patienten konfrontiert ist. Es kann jedenfalls auch nicht darum gehen, dem Patienten nur schonungslos die Wahrheit an den Kopf zu werfen, denn Vorrang hat bei aller Wahrheitssuche letztlich doch immer die Hoffnung.

Die moderne Medizin macht es den Menschen nicht leicht, mit Krankheit umzugehen. Hinter den Sprachgepflogenheiten der Mediziner verbergen sich Denkgepflogenheiten, die, wenn wir sie beim Wort nehmen, vieles gemeinsam haben mit dem Militär oder der Polizei: Operation, Fremdkörper, Eiterherd, Vergiftung. Krankheit erscheint aus dieser Optik als Invasion, mit der es keinen anderen Umgang gibt als den aggressiven. Dass Krankheit aber auch ein ursprünglicher, »wahrer« Selbstausdruck eines Menschen sein kann, ja sogar eine notwendige und wahrhaftige Beziehung eines Menschen zu sich selbst, ein Ausdruck seiner einmaligen Existenz, wird bei dieser »Feindoptik« schon vom Ansatz her ausgeschlossen. Mit der einen Hand wird mit Angst gedroht, und mit der anderen wird operiert. Der Körper als mutmaßlicher Feind wird zum Schlachtfeld präventiver und operativer Maßnahmen. Oft sind sie auch noch überflüssig, aber das wird verschleiert, wenn man erleichert darüber ist, dass das Befürchtete gottlob nicht eingetreten ist. Nimmt man die Medizin als Spiegel unseres allgemeinen Lebensgefühls, so verrät sie: Leben ist zu gefährlich, um sich darauf einzulassen, aber auch zu wertvoll, um es wegzuwerfen. Zwischen Kostbarkeit und Gefahr liegt die Lüge der sicheren Mitte, die da heißt: Je mehr das Leben abgesichert wird, desto mehr wird es uns entrissen und entfremdet.

»Es wäre mir lieb, wenn Sie kein Aufhebens davon machen würden«, sagt der Manager nach einem gerade überstandenen Herzinfarkt – auf seinem Bettrand liegt das unverzichtbare Diktiergerät. Weitermachen wie bisher, als sei nichts geschehen; am besten, man denkt nicht daran, verleugnet, verdrängt und vergisst so rasch wie möglich. Mit dieser Lüge des »Business as usual« wird der Riss in den Fundamenten des Lebens zugekleistert. Wenn es glimpflich abgeht, funktioniert man im Beruf weiter ohne sichtbare Schäden, aber die Seele hat ein Stück Hornhaut bekommen. Die Fähigkeit zu trauern und zu erinnern ist unter der Lüge des So-tun-als-ob verschüttet. Als Seelenverlust könnte man das bezeichnen, weil wir es uns nicht einmal mehr gestatten, über unser Unglück unglücklich zu sein. Wenn wir die Krankheit verleugnen, sind wir aber auch gezwungen, Teile aus unserem Leben auszublenden, und das zwingt dazu, ständig im Kriegszustand mit uns selbst zu sein, einem Krieg, der durch immer neue und ausgedehntere Lügen kompensiert werden muss.

Mit ungewöhnlichen Situationen, die die Alltagsroutine durchbrechen, kommt der Mensch im allgemeinen schlecht zurecht. Heute stehen wir außerdem alle unter dem Diktat eines Denkens, das ein Leben ohne Grenzen, Beschädigungen, Scheitern und Niederlagen verheißt und von einem Pragmatismus des Machbaren ausgeht, das zur Stärke und zum Siegen verdammt und in dem das Leiden keinen Platz hat. Wer leidet, ist selbst schuld! Die Fähigkeit zu leiden und mitzuleiden wird nicht gelernt ... Am Kranken- oder Sterbebett stehen wir dann verlegen und hilflos, wissen nicht, ob wir lieber fragen oder reden sollen, Stimmung machen oder Witze erzählen. Wer beschlossen hat, optimistisch zu sein und »keine Umstände zu machen«, tarnt sich mit antrainierter »Leichtigkeit des Seins«. Man gibt sich zwar offen, aber am liebsten würde man sich all die störenden Anblicke und Fragen, die die schützenden Unsterblichkeitsillusionen rauben könnten, vom Leibe halten. Stattdessen macht man auf übertriebenes Mitleid oder verlogene Gerechtigkeit: »Wie ungerecht, dass es ausgerechnet dich getroffen hat. Du hast das wirklich nicht verdient.«

Am besten wäre es, man bliebe als Besucher auch in solchen Situationen »normal«, das wäre vielleicht der einfachste Rat. Warum tun wir uns so schwer damit? Warum greifen wir zu jenen Lügen, bei denen das Gefühl der Rührung für sich selbst und auch das Mitgefühl für den anderen auf der Strecke bleiben? Jeder wird früher oder später an den Punkt kommen, an dem er die gleiche oder eine ähnliche Erfahrung macht wie ein Kranker. Im Alltagsbewusstsein wird diese Dimension ausgeblendet, weil sich nur unter Ausschluss des Todes eine vom Menschen kontrollierbare Realität erzeugen lässt. Krankheit und Tod blenden wir aus, weil sie das in unserer Gesellschaft vorherrschende Lebensgefühl, wir hätten die Wirklichkeit fast vollständig unter Kontrolle, in Frage stellen. Wir verlegen sie so weit in die Zukunft, bis sie aus dem Gesichtsfeld verschwinden und uns unwirklich erscheinen. Dennoch bleibt die latent lauernde Angst im Hintergrund, die wir aber nicht preisgeben wollen, weil sie unseren Zusammenhalt zerstören könnte. Mit dem Wort »sich preisgeben« verbinden wir ohnehin eher die Vorstellung von möglicher Verletzung und von Kontrollverlust als die von möglicher Nähe und Zuwendung. Wer sich ängstigt, neigt dazu zu unterdrücken, was ihm Angst macht. Heißt das nun, dass wir unsere Ängste ungeschützt aufeinandertreffen lassen sollen? Das wäre wahrscheinlich gar nicht so schlimm, das Lügen fiele dann jedenfalls weg.

Es gibt leider auch eine Offenheit, die nicht viel gilt, weil sie distanzlos jedem gilt und in jedem Augenblick ist. Womöglich ist sie die größte Lüge. Wer einem Kranken schöne und gesunde Feiertage wünscht oder einem Trauernden überschwängliche Urlaubsgrüße schickt, der gibt sich zwar aufmerksam und offen, zeigt aber zugleich, dass er entweder gedankenlos ist oder keinerlei Mitgefühl aufbringt. In solchen Situationen gäbe es wahrscheinlich nur eines – schweigen.

Die vielleicht humanste Form der Lüge ist die Kunst des Vergessens und Verdrängens. Nur der zeitweilige Ausbruch aus unseren Ängsten führt uns ins Leben. Kinder und Erwachsene brauchen diesen seelischen Tranquilizer gleichermaßen. Das selektive Vergessen-Können, das Kinder oft viel besser beherrschen als Erwachsene, lässt uns Schlupflöcher der Inkonsequenz, des Ausklammerns oder der Abweichung finden, die uns ins Leben führen und damit zur Teilhabe am anderen. Wenn wir aller je erlebten Ängste und Enttäuschungen stets gewahr wären, wäre das Leben wahrscheinlich eine Tortur. Deswegen ist das Unbedachtsein-Können und das Vergessen-Können, im Gegensatz zur Gedächtnisschwäche, eine Kunst, denn der paradoxe Satz ist wahr: Wer vergessen kann, bekommt ein gutes Gedächtnis. Bis zu einem gewissen Grad muss wohl jeder Mensch dafür sorgen, dass er dem Wissen von Krankheit, Alter und Sterben, das allzu tief in sein Leben eindringen könnte, immer wieder entrinnt. Es hat Vorteile, wenn man Dinge eliminieren kann, solange man sich nicht allzu weit von seiner eigenen Realität entfernt. Besonders Grenzsituationen und Schicksalsschläge, die unseren Alltag zerbrechen, zeigen uns immer wieder, dass es oft unvermeidbar ist, sich durch das Vergessen gegen bestimmte unerträgliche Herausforderungen zu schützen.

Liebe

»Sieh dir die Liebenden an, wenn erst das Bekennen begann, wie bald sie lügen«, klagte Rilke. Liebe und Erotik scheinen zwei der kompliziertesten und heikelsten Zivilisationsprodukte zu sein, wenn man der Statistik Glauben schenkt, die da behauptet, dass es keinen Ort gebe, wo so viel gelogen wird wie in der Liebe.

Verführung, so die Verhaltensforschung, ist ein hoch kultiviertes Ritual, das sich im Bereich des gerade noch Erlaubten oder schon Verbotenen abspielt. Daher die stets präsente Angst, enttäuscht, desillusioniert oder wirklich berührt zu werden. Sie führt dazu, dass nicht nur auf beiden Seiten Gefühle und Orgasmen vorgetäuscht werden, auch das intime Liebesgeflüster ist durchsetzt mit Spuren von Lug und Trug. »Du, erst bei dir habe ich gelernt, wie Liebe sein kann«, »Ich werde dich nie vergessen«, »Ich kann ohne dich nicht leben«, »Passen wir nicht toll zusammen«, »Ich werde dir ewig treu sein«, »Mit dir ist alles ganz anders« – Sätze, die im Augenblick absolut wahr zu sein scheinen, die etwas suggerieren, was der einzelne meist nicht einlösen kann oder will – Augenblickspoesie, mit der man seine eigene Liebe, also sich selbst schmückt.

Sätze, die nach dem Verströmen der Liebeshitze nur allzuoft in berechnende Strategien oder clevere Aussteige-Maschen münden. »Weißt du, erst durch dich habe ich gemerkt, dass ich noch nicht reif bin für eine Beziehung«, »Es tut mir wahninnig weh, aber erst jetzt spüre ich, dass ich über Rolf immer noch nicht weg bin«, »Lass uns doch Freunde bleiben«. – Die sumpfigen Niederungen der Untreue und des ehelichen Seitensprunges, denen ja immer noch der Geruch des Verbotenen anhaftet, wimmeln geradezu von solchen Lügen und Selbstlügen. Wie sollen wir uns also verhalten angesichts der lauernden Versuchungen und Verletzungen? Sich dem allen zu entziehen, nur, um ohne Blessuren wegzukommen, das ist wohl unrealistisch. Riskieren und tolerant sein? Ist das zu schaffen, vor allem wenn man als der Betrogene dasteht? Wenn uns Fernstehende belügen, können wir uns davon distanzieren und uns mit ihrer Unehrlichkeit abfinden. Wenn wir aber in einer engen Beziehung belogen werden, kann das Leben zur Hölle werden. Denn mit den Lügen der Intimität sind wir und bleiben wir letztlich allein. Wenn es glimpflich abging, so bleibt immerhin: wegstecken und neuen Mut fassen.

Manche scheinen den Schlüssel gefunden zu haben, indem sie nur noch auf flexible, jederzeit kündbare Intimprogramme setzen. Wo einst Liebe war, bevorzugt man nun situative Intimität und Zweckbündnisse. Man ist zusammen, weil man gerade aufeinander »Bock hat«, man pflegt die Beziehung, solange sie pflegeleicht ist, ohne Bezug zu einem Vorher oder Nachher. Wenn es »aus« ist, braucht man weder zu vergessen noch zu verdrängen, man bringt die Erfahrung einfach in die neue Beziehung ein. Dieser Beziehungs-Autismus ist Bluff oder Masche, denn er suggeriert Beherrschbarkeit, wo die pure Angst vor Nähe und Leidensflucht regieren.

Es scheint paradox, aber sowohl die Lüge als auch die

Wahrheit können die Liebe zu Grabe tragen: Unzählige Belege dafür sind in Varianten jeden Tag zu hören: Der Mann, der einmal bei einem Betriebsfest dem Sog der Liebe erlag, und das beileibe nicht mit Bravour; dessen Frau, auf absolute Ehrlichkeit pochend, ihm ein Geständnis entreißt und seither nur noch von Trennung spricht. Oder der Mann, der eine kurze Entgleisung mit einer Angestellten verheimlichen will, und dessen Frau ihn vor die Wahl stellt: »Entweder gibst du es zu, oder ich bin verrückt und gehöre in die Psychiatrie.« Oder die Frau, die immer alles abstreitet, und plötzlich wird ihr Mann depressiv. Oder das Paar, wo beide immer alles zugeben, bis einer der beiden durchdreht und psychotherapeutische Behandlung braucht... Die Kolumnisten in den Ratgeberspalten dazu: Man solle keine schlafenden Hunde wecken. – So einfach kann es also sein! Auch die Literatur wimmelt von Liebeslügen, angefangen bei Tristan und Isolde bis hin zu Strindberg und Tschechow. Es hilft uns alles nichts, wir sind immer wieder Zeugen oder Akteure des Ereignisses »Liebe«, die in den meisten Ehen trotz Gefühlsflaute und Notstand beharrlich überlebt, und müssen letztlich immer wieder selbst mit uns zu Rate gehen, wie wir den lockenden Versuchungen begegnen.

Wenn wir die Problematik der Lüge im Zusammenhang mit unserer sprachlichen Zweisamkeit sehen, so ist zunächst zu erkennen: Wir alle sind in einer radikalen Einsamkeit befangen. Uns allen ist ein schmerzliches Schweigen gemeinsam, weil wir wissen, dass wir den anderen an dem, was wir erfahren und erleben, mittels der Sprache nur in sehr geringem Maße teilhaben lassen können. Besonders wenn uns starke Gefühle ergreifen, verblassen ohnehin jegliche Worte, und es bleibt ein Gefühl von Sprachlosigkeit, eine solche Erfahrung überhaupt in Worte zu fassen. Um diese Erfahrung zu veranschaulichen: In einem Roman von Waldemar Bonsels sitzen ein Mann und eine Frau in tiefer Liebe verbunden, halten einander und betrachten die monderhellte Landschaft. Da sagt er: »Ich liebe dich!« Darauf entgegnet sie: »Ich wünschte, du hättest nichts gesagt! Jetzt sind wir meilenweit auseinander!«

Niklas Luhmann spricht von der »Bitterkeit der Einsamkeit«, die zur Intimitätserfahrung gehört. Intimität ist nicht nur Wissen umeinander; sie setzt ein gewisses Nichtwissen, ein wechselndes Maß gegenseitiger Verborgenheit voraus. Täuschung und Lüge könnte man daher als eine Form verstehen, in der diese Verborgenheit zum Ausdruck kommt. Die Lüge kann eine Beziehung zerstören; solange die Beziehung aber besteht, kann sie – um es positiv auszudrücken – ein integrierendes Element sein. Wenn Partner ihren momentanen Haß oder Unmut gegenüber dem anderen verschließen, so handeln sie zwar unaufrichtig, aber dem versöhnlichen Anspruch einer Beziehung eher gemäß. Die Lüge des Rückzugs oder der Schonung kann nämlich ein Ausdruck der Liebe sein. Außerdem wird der andere nachträglich eher eine Lüge annehmen können, wenn er weiß, dass sie aus Mitgefühl geschah. Gerade in intimen Beziehungen gibt es heilsame Lügen, die mehr als nur entschuldbar sind, solange sie nicht den intakten Kern einer Beziehung betreffen.

Schon der einzelne macht für sich die Erfahrung, dass erhebliche Anteile seines Lebens sozusagen wahrheitsresistent sind und vor der Zumutung des Durchschauens geschützt werden müssen. Um wieviel mehr steigt die Gefahr von Übergriffen, wenn es um die Wahrheit zu zweit geht. Wenn man die Zweisamkeit als einen potentiellen Ort der Wahrheit betrachten darf, der sich darauf stützt, dass zwei Menschen einander brauchen, weil sie durch den anderen erfahren, was sie haben und was ihnen fehlt, so wäre gerade die Ehe eine geschützte Möglichkeit, die es dem einzelnen erlaubt, nach seiner Wahrheit zu suchen. Aber wer ist schon so frei, zwei voneinander verschiedene Wahrheiten gelten zu lassen?

Uns ist von Kindesbeinen an die Sehnsucht und der absolute Wunsch nach Wahrheit in der Beziehung zwischen Mann und Frau eingeimpft worden. Nicht um Heuchelei zu rechtfertigen, aber aus Erfahrung weiß ich, wie kompliziert es ist, Wahrheit und Partnerschaft in Einklang zu bringen, schon allein wegen der ständigen räumlichen Nähe, die nicht nur in beruflichen Teams und Gruppen zu »Kollern« führt, sondern auch in enger Zweisamkeit regelrechte »Ehekoller« auslösen kann. Paare, bei denen der Rausch des Verliebtseins verflogen ist und der nüchterne Alltag einkehrt, schleudern sich plötzlich »Wahrheiten« an den Kopf, und das Ganze wird zu einer zermürbenden Folter, weil jeder nur noch die eigene Wahrheit verteidigt. Wo man sich für jedes Wort und jede Unterlassung wort- und trickreich rechtfertigen muss, da verflüchtigt sich nicht nur der Genuss, es entsteht auch Verwilderung und Brutalität. Meist hängt das mit einem irrationalen Liebeskonzept zusammen, das durch Idealisierungen, Projektionen und Übersteigerungen vom anderen die Erfüllung aller Wünsche einfordert, die einem als Kind nicht erfüllt worden sind. Dennoch gibt es Paare, die sich gegenseitig achten, die einander die Wahrheit sagen und auch mit ihr umzugehen wissen. Aber das ist eher die begnadete Minderheit. Zwischen diesen beiden Polen des Ehespektrums ranken sich die Spielräume der Unwahrheit, des Verschweigens, der Täuschung und der Lüge.

Wenn man bedenkt, mit wie wenig an Wahrheit Menschen letztlich umgehen können und wie sehr sie, ähnlich wie ihre haarigen Brüder, Tarnfarben, Schutzwälle und Illusionen brauchen, dann kann man zu dem Schluss kommen, dass es viel wesentlicher und hilfreicher ist, wenn man Menschen zur Wahrhaftigkeit in Beziehungen fähig macht, als wenn man ihnen beizubringen versucht, wie man die Wahrheit und nichts als die Wahrheit sagt. Gerade in der Ehe sind wir darauf angewiesen, einander zu schützen und die Zumutbarkeit der Wahrheit so abzuschätzen, dass der andere nicht daran zerbricht. Sprächen Eheleute die ungeschminkte Wahrheit, so müssten viele bekennen, dass ihre Art des Zusammenseins zu einer Reduktion auf Essen, Fernsehen und Bett geschrumpft ist. Wie viele Ehen sind längst verhungert an der Unterernährung ihrer Sinne, an der Trivialität ihres Austausches, der Perfektion ihrer Lebensabläufe und an der gegenseitigen Fremdheit, so dass man sich oft wundert, dass sie sich noch duzen. Bedeutet es falsche Rücksichtnahme, Feigheit, Bequemlichkeit, wenn das verschwiegen oder so getan wird, als sei da Liebe? Gewiß nicht, wenn man bedenkt, wieviel Anstrengung es braucht, derartige Zumutungen auszuhalten. Man kann sich fragen, ob die Zumutung der Wahrheit nicht mehr an Leiden schafft als der Weg der mühevoll verschleiernden Lügen.

Maskerade und Mode

Vor allem Frauen werden in unserer Gesellschaft förmlich dazu genötigt, sich den Zwängen der Kosmetik und der Mode zu fügen und sie auch noch »ihre Wünsche« zu nennen. Mode, Kosmetik und Styling von Figur und Frisur sind zu Schlüsselindustrien herangewachsen. Ihre Umsätze stehen denen der technischen Märkte nicht nach. In dieser »Kultur des Narzissmus« wird Schönheit in der

Drogerie gekauft. Dazugehören bei Dior oder Boss, ein Hauch Vergnügen bei Vogue, Wissen bei »Brigitte« oder »Freundin«, Sauberkeit und reines Gewissen bei Lenor, und für Breitschultrigkeit und Selbstbehauptung sorgen die unverzichtbaren »Dracula-Schulterpolster«. Die Devise lautet: Sei schön, denn die anderen könnten schöner sein! Und die dahinter liegende Sorge: Hoffentlich schauen möglichst viele. Wer Aufmerksamkeit auf sich vereinigen kann, ist immer noch besser dran als derjenige, der den höchsten Ehrlichkeitsbonus verbucht.

Ähnliches gilt von den Forderungen des männlichen Macho-Ideals, das auf Heckspoiler, Duftwässerchen, life- und bodystyling, Ellbogenrechthaberei und Marlboro-Lebensphilosophie setzt. Die Waren ihrerseits stellen nicht mehr ihren Gebrauchswert oder Preis heraus, sondern Verheißungen, Träume und Signale. Design und Ästhetik aus der Tiefkühltruhe – die neue frohe Lügenbotschaft für erfolgreiche und effiziente Männer und Frauen. Die Werbung verschleiert diese Waren- und Körperästhetik zynisch als pragmatische Nützlichkeit, die verkaufte Illusion gibt sich kokett als Zweckmäßigkeit, denn was zählt, ist die »Show«, und was gilt, ist »Born to shop!«. Wer dazugehören will, der kann sich keine Mängel und Defizite im Design leisten und darf auch nicht nach dem Wozu oder Warum fragen. Für den gewinnen Make-up und Schönung wahrhaft existentiellen Rang. Sie sind der Lügenschleier, der das bedrohlichste aller Gespenster verbannen soll: die Preisgabe der Gefühle. Spuren des Persönlichen, Kreatürlichen, insbesondere des Älterwerdens, sollen mit Nachdruck getilgt werden, und diese Nötigung zur Lüge überschreitet bei weitem das Maß an spielerischem, aufschönendem modischem Gehabe, das wir schließlich auch von dem Balzverhalten männlicher Tiere her kennen.

Aber dem Älterwerden entkommt niemand, trotz Sonnenbank und lebenslanger Magerkost. Der Krieg gegen den Hauptfeind »Alter« ist nicht zu gewinnen, mit wieviel Aufwand wir auch bestrebt sind, sämtliche Spuren von Vergänglichkeit zu verwischen. Dies führt nur zu unablässigen Neidgefühlen, die durch immer neue und ausgedehntere Lügen kompensiert werden müssen.

Heißt das nun, dass wir uns der Wahrheit nähern, wenn wir bereit sind, uns mit dem zufrieden zu geben, wie wir nun mal sind? Diese Frage nach dem Recht auf das Wahre, Unmittelbare, Natürliche ist auch nicht leicht zu beantworten. Denn die Natur ist bei der Mehrheit der Menschen eben mit Makeln und Unebenheiten behaftet und dem, was in der Gesellschaft gerade Trend ist, nicht immer gerade wohlgesonnen. Um uns dagegen zu behaupten, haben wir auch das Recht und die Aufgabe, uns zu verschönern. Man mag das als Anstiftung zur Lüge empfinden, aber nirgendwo sonst akzeptieren wir Natürlichkeit als einzigen Maßstab in einer Sache: weder in der Kunst noch in der Architektur, weder in der Gesundheit noch im Sport, nicht einmal in der Kirche. Wer da meint, dass die Latzhosenträger und die Birkenstockjünger der Wahrheit näher sind, der sollte einmal überlegen, ob sie mit ihren ostentativen Verweigerungsritualen nicht unnatürlicher sind als manche Modeerscheinungen, die ihre Träger raffiniert oder aufregend zur Geltung bringen und anpreisen. Natürlich sind unsere Modeeinfälle aggressiv und quälen mitunter bis an die Schmerzgrenze, aber im Vergleich zu manchen Schönheitsritualen der Naturvölker noch immer verhältnismäßig bequem.

Es ist durchaus legitim, seine Häßlichkeiten zu verbergen oder Vorzüge hervorzukehren, frei nach dem Motto: Besser ein bisschen Retusche als ganz allein. Es ist zu bedenken, dass die Art, wie ein Mensch sich aufputzt, schließlich eine Wahl voraussetzt und etwas Gewolltes ist, das seinem Wesen oft vielleicht näher ist als das sogenannte »Natürliche«. Stiftet es nicht auch Solidarisierung und Gruppengefühl, wenn Menschen sich durch die Konventionen der Mode einander zeigen? Wie langweilig wäre eine Gesellschaft ohne Schminke, Schmuck und Herausgeputze! Wir brauchen für unsere Augen die Stimulation und den schönen Schein. Die wahren Geheimnisse sind nicht immer in der Tiefe zu finden, sondern manchmal auch auf der Oberfläche. In unserer Vorliebe für eine bestimmte Darstellung und Verstellung verraten wir nämlich auch ein Stückchen mehr Wahrheit über uns, als die Sprache transportieren kann. Sie haben Zweifel? – Nichts ist so, wie es ist. Oder umgekehrt: Alles ist Schein.

Natürlich gibt es im Wettbewerb der Schönheit Grenzen, an denen es schlicht unmenschlich wird. Man denke an manche gnadenlosen Körperfitness-Programme, die zu Bänder- und Gelenkschäden ausufern, oder an die vielen Selbstfolterungen durch Diäten, die zu einem permanenten Kampf gegen sich selbst und die Wahrheit über einen selbst ausarten. Wir sind nicht grenzenlos plastizierbar nach dem Motto: Jeder sein eigener kleiner Bildhauer. Unsere Körper verdienen Achtung, Zuwendung und Pflege; wenn wir sie überhören, strafen sie unsere Taten Lügen. Krankheit, Isolation können ausdrücken, was jemand zu lange und zu verbissen erlitten hat. Der größte Feind des Schönen ist ein Zuviel des Schönen: Kosmetik und Mode sind gut, aber zuviel Make-up und Maskerade bringen das Gute zum Umkippen.

Notlügen

Not lehrt bekanntlich nicht nur beten, sondern auch handeln. Wenn es uns nicht gelingt, eine beängstigende oder gar lebensbedrohliche Situation zu verändern oder ihr eine andere, weniger Angstauslösende Bedeutung zu geben, benutzen wir ein anderes Mittel gegen die Angst: die Notlüge oder, wie Martin Luther sachlich zutreffender sagte: die Nutz- und Dienstlüge. Wenn es um Leben und Tod geht, sind sich die meisten darin einig, dass es so etwas wie ein Recht zur Notlüge geben kann – ja geben muss. Immanuel Kant mit seinem strikten Moralethos steht ziemlich allein auf weiter Flur, wenn er auch in diesem Fall das Recht zu lügen nicht gelten lassen will. »Die Pflicht der Wahrhaftigkeit ... (ist) unbedingte Pflicht ..., die in allen Verhältnissen gilt.«[1] Mitleidslos und sogar lebensfeindlich erscheint solch eine strikte, an Moralgesetzen orientierte Haltung, wenn man beispielsweise an das Dritte Reich denkt. Wer Juden vor den Nazis versteckte, wie sollte der diese und sich selbst retten, ohne zu lügen?

Aber wie sieht es im Alltag aus, im üblichen Umgang mit Kindern, Eltern, der Familie? Dürfen wir auch in engen Beziehungen, die einer tragenden Vertrauensbasis bedürfen, zur Notlüge Zuflucht nehmen? Sollten wir etwa ungehemmt jedem starken Gefühl Ausdruck verleihen, auch wenn es dramatische Konsequenzen für die Würde des anderen hätte?

Das wäre wahrscheinlich entsetzlich und gnadenlos und womöglich das Ende aller Beziehungen. Jeder frage sich selbst: Würde er, wenn er in Not geriete, sich an jemanden wenden, der sich den ehernen Prinzipien absoluter Wahrhaftigkeit verschrieben hat? Ist es nicht vielmehr so, dass man sich in Notsituationen besser aufgehoben fühlt bei jemandem, von dem man weiß, dass er unser Wohlergehen und unsere Würde höher einschätzt als abstrakte Prinzipien? Man stelle sich vor, die Menschen sagten sich alles ins Gesicht, was sie voneinander dächten und was sie voneinander hielten. Wir können uns wahrscheinlich nicht einmal ausdenken, was sich ereignen würde, wenn plötzlich alle Schleier der Lügen um uns fielen und wir so, wie wir sind, dastünden. Wäre das nicht eine Revolution, ein Sturm auf Abstände, eine ungebührliche, überrumpelnde Nähe? Eines wissen wir: Das Leben, so wie wir es jetzt führen, wäre einfach unmöglich. Wir alle brauchen Fluchtwege und Hintertüren, um in dieser verwirrenden und unwirtlichen Welt zu überleben. Selbst die Charakterfesten mit den ehernen Prinzipien müssen sich darum die Frage gefallen lassen, ob sie nicht etwas übersehen – den Faktor der menschlichen Angst, der die Notwendigkeit des Lügens begründet. Und darüber hinaus: den Faktor der Situation. Es macht nämlich einen Unterschied, ob man von der »reinen Wahrheit« spricht, dem *factum brutum,* das von seiner etymologischen Herkunft schließlich auch »das Gemachte« bedeutet, also davon, wie sie an und für sich und als Prinzip ist, oder ob ich mich auf einen Menschen oder einen bestimmten Umstand in einer konkreten Situation beziehe. Mit den Notlügen verhält es sich nicht anders als mit anderen menschlichen Verhaltensweisen: Sie sind dann unerlässlich, wenn wir befürchten müssen, dass wir in der Arena des Überlebenskampfes mit der Wahrheit unterliegen. Anders gesagt: Menschen sind generell auf der Suche nach Entlastungen, Erleichterungen, Sicherheiten, oder auch Bequemlichkeiten.

Schopenhauer war der erste, der das Problem der Lüge im Kontext mit der Notwehrproblematik erörterte. Für uns entscheidend an seiner Betrachtungsweise ist die gegenüber Kant veränderte Sicht, die das *Motiv* der Lüge und nicht die Tat selbst in den Vordergrund stellt. Neben dem Fall der Notwehr gegen Gewalt und List erkennt er vor allem die Pflicht der Lüge bei unbefugter Neugier an, bei Bloßstellung, bei ärztlicher Fürsorge und auch bei der edelmütigen Lüge, wenn jemand für einen anderen die Schuld auf sich nimmt.[2]

Besonders in Krisenzeiten, in denen der Mensch oft von einem Mindestmaß an Hoffnung zehrt, stellt sich die Frage nach der Notwendigkeit von Notlügen. Ein tragisches Beispiel dafür ist »Jakob der Lügner« von Jurek Becker. Es ist die Geschichte von einem Juden im Warschauer Ghetto, der auf dem Weg in das Vernichtungslager von Auschwitz trotz aller Aussichtslosigkeit die grausame Wirklichkeit nicht wahrhaben will und bis zum Schluss ein unglaublicher Optimist bleibt. Täglich erfindet er neue Hoffnungsgeschichten, tröstliche Unwahrheiten, weil er die Bosheit und Verdorbenheit dieser grausamen Wirklichkeit einfach nicht verstehen kann. – Ein ergreifendes menschliches Dokument davon, wie jemand aus Überlebenswillen und Sehnsucht nach »einem Stück Himmel« zur Notlüge greift.[3]

Ist das nun die Lösung, dass wir – auch in weniger unmenschlichen Lebensumständen als »Jakob der Lügner« – zu Notlügen greifen, um uns eine bessere Lebensform vorzutäuschen? Zumindest ist es menschlich und vor allem dann verstehbar, wenn sie einer wichtigen Überlebensfunktion dienen.

Gerade in Krisen, wo es um das Herausfinden der eigenen Wertsetzung, um unaufschiebbare Entscheidungen und um Orientierung geht, stellt sich oft ziemlich scharf die Frage nach der eigenen Wahrheit beziehungsweise Lüge. In Krisenzeiten kann daher der Drang übermächtig werden, zu Notlügen zu greifen. Man verhält sich nicht wie gewohnt und neigt dazu, die Wirklichkeit verzerrt wahrzunehmen. Wenn man sich nicht mehr »am eigenen Schopf« herausholen kann, weicht man aus, geht aus dem Felde, weil man nicht darauf vorbereitet ist, mit dem Krisenhaften umzugehen. Durch diese Distanz zu Krisen, die noch verstärkt wird durch die Hoffnungslüge »Mich wird es schon nicht treffen«, sind Menschen in Krisen äußerst anfällig für Lügen. Wenn andere betroffen sind, erleben wir uns darum auch als hilflos, denn wir versuchen hauptsächlich, unsere eigene Haut zu retten. Sozialpsychologen (zum Beispiel B. Latané und J. Robbin) haben in Experimenten nachweisen können, wie häufig Menschen in Notsituationen zur Notlüge greifen. Man hat beispielsweise Studenten mit anhören lassen, wie eine Frau im Nebenzimmer stürzte und sich laut jammernd über eine Verletzung beklagte. Die meisten schützten vor, nichts verstanden zu haben, oder bagatellisierten es »als nichts Ernstes«.

Krisen haben aber nicht nur mit Selbsttäuschung und Lüge, sie haben auch mit Enttäuschungen zu tun. Und Enttäuschung heißt ja letztlich: Die Täuschung hört auf. Deswegen haben Krisen auch die Kehrseite: Sie können uns von Täuschungen und Lügen befreien – von den eigenen und denen der anderen -, wenn sie heilsam verwertet werden. Krisen zwingen zum Hinschauen, Aufräumen, Aussortieren. Zu radikalen Fragen: Wie weit habe ich mich über mich selbst getäuscht? Was will ich und was weiß ich? Was war Einbildung, was Wunschdenken, was Vertröstung?

Wenn Menschen im Alltag das Wort »Notlüge« hören, denken sie allerdings nicht in erster Linie an die existentiellen Notfälle des Lebens, sondern an Alltagssituationen und an das stillschweigende Einverständnis, dass man eben dann und wann eine Notlüge braucht, um schmerzhafte Situationen oder unangenehme Begegnungen zu vermeiden: um unerwünschte Einladungen abzuschlagen, um sich vor einem Besuch zu drücken, um gesellschaftliche Anlässe abzusagen oder um Aufträge und Pflichten nicht erfüllen zu müssen. Kurzum: Man redet sich heraus, verweist auch bei anderen nicht auf jede Unaufrichtigkeit, übersieht Lügen, bedankt sich und tut, als ob man sich freuen würde, sieht eben manchmal nur das, was man sehen soll. Als Formel gilt: Sieh du mir nichts an, dann seh' ich dir nichts an! Schau du darüber hinweg, dass ich mir nichts anmerken lasse, dann schaue ich auch darüber hinweg!

Schon Eltern lassen ihre Kinder auf direkte oder indirekte Weise wissen, welche Notlügen eine »Not wenden« können. »Sag' der Oma, wir sind am Wochenende verreist!« oder »Du kannst ja sagen, wir hätten gesagt, dass du nicht darfst ...« Mit dem ungeschriebenen Gesetz, dass man nicht alles sagt, was man sagen müsste, ermutigen wir einander stillschweigend in unseren Notlügen, womit wir aber gleichzeitig auch die Gültigkeit von Regeln und Normen anerkennen, die wir verletzt haben. Schließlich heißt das, dass wir die Richtung auf das Gute nicht aufgeben, wenn wir auch verdrehte Mittel anwenden. Wenn wir wirklich nur Betrüger wären, würden wir schweigen. Wie hat Claudel so schön gesagt: »Gott schreibt auch auf krummen Zeilen gerade.»

Opfer

Wir pflegen uns im allgemeinen keine großen Gedanken darüber zu machen, wenn wir Opfer von Stammtischlügen, Klatsch, Übertreibungen, Höflichkeitslügen oder anderen harmlosen Schummeleien sind. Hier empfinden wir

Lügen als nicht so ernst und nehmen sie nicht für vollgültig. Die Umgangssprache hat sich mit dieser Empfindung verbündet, um Differenzen zwischen Lüge und Wahrheit zu überbrücken. Man spricht von Lügen, die »zum besten gegeben«, die »aufgetischt« oder »einem aufgebunden« werden, und man erlaubt es sich, sie nicht so genau oder beim Wort zu nehmen. Wir können uns mit der Unwahrhaftigkeit anderer ohnehin eher abfinden, wenn sie uns ferner stehen. Wenn uns aber Menschen belügen, die dem Zentrum unserer Persönlichkeit näher stehen oder von denen wir abhängig sind, wird die Situation schmerzhaft und oft unerträglich Denn die Tatsache, dass wir von einer uns nahestehenden Person belogen und getäuscht worden sind, erschüttert uns in den Grundfesten unserer Würde. Wir fühlen uns verwirrt, verloren, verraten und verletzt. Die Lüge lässt uns unser Ebenbild – und damit indirekt uns selbst – als Enttäuschung erfahren. Wir haben Vertrauen erwartet und finden nur unser eigenes getäuschtes, gedemütigtes, gekränktes oder lächerlich gemachtes Antlitz. Ein unausgesprochenes Versprechen ist gebrochen, und nicht nur die Beziehung, auch unsere Würde und unser Menschsein sind beleidigt, weil wir mit unserem Vertrauen uns selbst an den anderen ausgeliefert haben und weil wir womöglich das Gefühl bekommen, dem Lügner selbst die Hand zum Betrug gereicht zu haben. Unausweichlich folgt der distanzierte Blick aufeinander oder gar die Vermeidung des Augenkontakts. Schließlich sehen wir uns selbst ins Gesicht und fühlen uns erniedrigt und hilflos, weil die Wutreaktion, die normalerweise der Verteidigung der Selbstachtung dient, ohnmächtig bleibt. Oft stellt sich auch noch Scham ein, die dazu führt, dass wir solche Erfahrungen lieber verschweigen, weil wir fürchten, bei unserer Umgebung nur Mitleid oder getarnte Verachtung zu ernten. Deswegen sprechen gerade Frauen meistens nicht über solche Erlebnisse, weil sie nicht als gedemütigte Opfer dastehen wollen.

Die Lüge greift nicht nur unsere Beziehung, sie greift auch unser Selbstwertgefühl an, denn sie ist schlimmer als hämische Kritik, die sich noch die Mühe macht, ihre Entwertung zu erklären. Die Lüge wirkt wie ein Hauch von Nichts auf unser Leben, weil sie uns der Wahrheit und damit der Achtung für unwürdig erklärt. Sie wirkt wie eine Kränkung, auch wenn wir uns die Schuld nicht selbst zuschreiben müssen. Gerade, weil sie vorsätzlich geschieht, tangiert sie unsere Selbstachtung um so tiefer. Sie trifft nicht nur momentan, sondern hat Folgen, die sich als Verunsicherung und zweifelndes Infragestellen von Vertrauen überhaupt auswirkt. Die Ambivalenz zwischen Vertrauen und Misstrauen, die unser Leben durchzieht, wird zur erlebten Gewissheit. Mehr noch in der Vorahnung als in der Wirklichkeit wird die Lüge zum unaustreibbaren Gespenst, das uns überall einholen kann. Das Leben erscheint unheilbar ambivalent und dissonant, weil wir uns vor beidem fürchten: vor dem Vertrauen und vor dem Misstrauen. Deshalb bleibt der andere für uns zugleich vertrauenswürdig und suspekt. Wir können aber im Alleingang nicht zwischen Vertrauen und Misstrauen wählen. Wir brauchen einander, weil wir alle mit dieser Frage ringen und verletzbar sind. Diese Spannung, in die jeder Mensch kommt, birgt eine Chance und ein Risiko. Entweder schirmen wir uns ab, um in Sicherheit zu sein, beziehungsweise wir »bewaffnen« uns in ständiger Verteidigungsbereitschaft – oder wir werden unsere Angst in umgekehrter Weise los, indem wir uns auf sie einlassen, um den Kreislauf der Lüge zu durchbrechen.

Prahlerei

»Meine Mama ist Millionärin und spielt so gut Tennis wie Steffi Graf.« »Mein Papa ist so stark, dass er jeden besiegen kann.« Wir Erwachsenen lächeln über solche hemmungslosen Aufschneidereien von Kindern. Würde ein Erwachsener so prahlen, wie sie es tun, empfänden wir es als abstoßend, lächerlich oder peinlich. Aber auch Kinder haben ein zwiespältiges Verhältnis zur Prahlerei. Obwohl sie sich diesem Drang oft aufs lebhafteste und ohne Scheu hingeben, gelten Angeber und Prahlhanse als unbeliebt. Dank des Realitätsprinzips haben die meisten Erwachsenen diesen hemmungslosen Drang zum offensichtlichen Großtun abgelegt. Wir empfinden ihn als kindisch und distanzlos.

Betrachten wir die Mythologie, so hat die Prahlerei indessen immer eine selbstverständliche und manchmal auch entscheidende Rolle gespielt. Sie hat das Leben von Helden und die Kriegsführung entscheidend mitbeeinflusst. Warum ist es uns heutzutage so peinlich, wenn jemand besser über sich spricht, als es üblich oder der Wahrheit gemäß ist? Weshalb hat das Wort »prahlen« eine solch abschätzige Bedeutung, soll den Prahler lächerlich machen und ihn mit Verachtung strafen? Meist wird damit ja nicht nur seine Selbsteinschätzung relativiert, sondern der Mensch im ganzen abgewertet. Die Frage ist, ob das, was wir so abwehren und ablehnen, bei uns nicht letztlich nur verdrängt ist und daher in unterschwelliger, subtiler Form umso stärker weiterlebt.

Die Sprache bringt auch hier auf den Begriff, was Sache ist. Nehmen wir »prahlen« beim Wort, so bedeutet es sinngemäß »großtun« und geht auf das mittelniederdeutsche Wort *pralen*, »viel sprechen« und das Wort *pral*, »Lärm, Prunk« zurück. Wir müssen uns illusionslos klarmachen, dass jede Selbstdarstellung, die mit Prestige, Anerkennung oder Ruhm verbunden ist, ohne ein gewisses prahlerisches Moment nicht auskommt. Aufrichtigkeit wird gar nicht verlangt, wenn wir uns um eine Stellung bewerben oder um sozialen Aufstieg bemühen. Wer eine neue Arbeitsstelle sucht, muss damit rechnen, viel gefragt zu werden. Er muss es verstehen, seine Kompetenzen in gutem Lichte darzustellen, und darf auch wissen, wann ehrlich geantwortet werden muss und wann nicht. Unter der Überschrift »So bekommen Lügen lange Beine« war in der Badischen Zeitung vom März 1996 folgendes dazu zu lesen: »Fragen, die die Privatsphäre betreffen und den Arbeitgeber ›nichts angehen‹, müssen nicht oder können unwahr beantwortet werden. Aus Sicht des Bewerbers ist in solchen Fällen eine unrichtige Antwort oft besser als eine nicht gegebene, weil aus ›leeren Stellen‹ Schlüsse gezogen werden können.« Um eine Position zu erklimmen, müssen wir unsere Laufbahngeschichte so frisieren, dass sie sich wie ein lückenloser Aufstieg liest. Versagen, Misserfolge, Pausen und Schwächen sind tunlichst wegzulassen. Auch wenn die Ideologie der freien Berufsentfaltung vorgaukelt, man könne alles erreichen, wenn man nur ehrgeizig und begabt sei und keine Anstrengung scheue, belehrt doch die Realität, dass diese Rechnung nicht aufgeht. Wer nicht ein gewisses Geschick im Umgang mit Leuten besitzt und sich überzeugungslos einfügen und anpassen kann an die Spielregeln der Erfolgreichen, wird es nicht sehr weit bringen. Der allgemeine Konkurrenzdruck ist derart stark geworden, dass es nicht nur unklug ist, seine Unsicherheiten und Ängstlichkeiten zu zeigen, auch zuviel Optimismus und Eigenlob wecken Abwehr. Am erfolgreichsten handelt, wer gegen alles Widrige ein Gegenmittel bereit hält – *keep smiling*. Das heißt: Sei gelassen, weil man es erwartet, und du wirst es sein, weil du diese Erwartung erfüllen musst.

Damit sind wir bei subtileren Formen des Prahlens angelangt. Man braucht sich nicht mehr selbst anzupreisen oder in Szene zu setzen, weil man schon »angekommen« ist und einen Titel oder eine Position erklommen hat. Es macht nicht nur Eindruck, wenn man dick aufträgt, sondern auch, wenn man es sich leisten kann, das Tatsächliche zu unterbieten.

Im Hinblick auf die Distanz zwischen dem, was wir sind, und dem, wie wir sein wollen, ist immer ein gewisses Maß an Selbstüberhöhung mit im Spiel. Anders ginge es überhaupt nicht. Wir alle teilen das Bedürfnis, besser dazustehen, als wir in Wirklichkeit sind. Wer will schon als durchschnittlich, ungeschickt, mittelmäßig oder unscheinbar gelten? Es ist die Sehnsucht nach Beachtung und Anerkennung, die nicht nur der Wahrheit gegenüber anderen Menschen und bestimmten Situationen, sondern auch der nüchternen Selbsterkenntnis in die Quere kommt.

Ein Beispiel dafür ist der Umgang mit unseren Tagebüchern und Erinnerungen. Selbst wenn wir sicher sein können, dass niemand sie zu lesen bekommt, »stylen« wir unsere Selbsterfahrungen und Erlebnisse. Wir verschweigen vieles und scheuen uns vor ehrlichen Geständnissen, nicht nur um vor uns selbst in einem besseren Licht dazustehen, sondern auch weil selbst der Akt des Schreibens für uns nur eine Annäherung an unser Innenleben sein kann. Unsere Psyche verfügt über unzählige Möglichkeiten, unser kleines Ich entsprechend unseren inneren Bedürfnissen aufzupolieren. Gern versuchen wir beispielsweise, die Fakten unserer Lebensgeschichte so zu retuschieren, dass sie den Eindruck von etwas Besonderem vermitteln.

Vor allem, wenn Erlebnisse weit zurückliegen, fällt immer wieder auf, wie Erwachsene ihre Schul- oder Kindheitserinnerungen so darstellen, als seien sie nur so gespickt gewesen mit Streichen, Mutproben und tollen

Erlebnissen, von denen »alle« gesprochen haben. Wo sind nur die Rebellion, das Gewitztsein und die Findigkeit geblieben? fragt man sich, wenn man ihren Alltag heute betrachtet.

Vielleicht lässt sich das Prahlen aber noch auf eine andere Weise verstehen. Es hilft nicht nur, mit eigenen Unzulänglichkeiten fertig zu werden, es setzt auch Kräfte frei in Form von Hoffnungen, die andere auf uns setzen. Schließlich wollen wir diesen Erwartungen nachkommen und fühlen uns daher motiviert und aktiviert, um das einzulösen, was wir selbst in die Welt gesetzt haben. So kann Prahlerei Kräfte mobilisieren, die vielleicht nie ans Tageslicht gekommen wären. Es ist wirklich nicht selten, dass die Selbstüberhöhung dazu beiträgt, dass gewünschte Ziele oder Ereignisse eintreten, einfach, weil wir daran glauben. Es ist erwiesen: Wer seine Erfolgschancen übertreibt, kann seine Leistungen tatsächlich steigern und verbessern. Ein lebendiges Zeugnis dafür liefert der Regisseur Federicio Fellini in seinem Buch »Ich bin ein großer Lügner«.[1] Erstens kann er es sich leisten, ein Buch mit solch einem provozierenden Titel in die Welt zu setzen, zweitens sind viele seiner Drehbücher offenbar erst entstanden, nachdem er schon von den fertigen Produkten geprochen hatte. Dieser Prozess ist in den Sozialwissenschaften als *self-fulfilling prophecy* bekannt. Er besagt, dass unsere Seele über einen Mechanismus verfügt, der Prophezeiungen verhilft, sich selbst zu erfüllen. Wie viele Beispiele kennen wir, wo jemandem beispielsweise gesagt wurde: »Aus dir wird mal eine große Sängerin ... ein großer Fußballer ... ein guter Vater«, was sich dann in der Tat auch einstellte. Man sage einem Kind, es sei tüchtig, und es wird sicher alles daran setzen, als tüchtig zu gelten. Das gleiche gilt auch umgekehrt. Man sage jemandem, er sei dumm, und er wird dumm werden. Visionen, Wünsche und schlummernde

Kräfte können durch das Prahlen im Sinne einer Selbstverzauberung ans Tageslicht kommen.[2] Entscheidend sind beim Prahlen wohl das Ausmaß und die Unterscheidungsfähigkeit: Inwieweit deckt es sich mit meinen Möglichkeiten und Fähigkeiten, und kann ich das einlösen, was ich versprochen habe? Wo entbehrt es jeglicher realistischer Grundlage?

Betrachten wir daraufhin einmal die Werbung. Alle Köstlichkeiten der Erotik verspricht eine Eiscremefirma, sofern man gewillt ist, an ihren Produkten zu saugen und zu schlecken. Alleinstehende Frauen werden mit kalorienreichem »Magnum« getröstet, während die männlichen Singles sich mit »Nogger« entschädigen sollen. Oder: Eine Rasierklingenmarke wirbt mit dem Spruch: »Damit Frau Müller wieder schöne Augen macht«. Die Aufschrift einer Tragetasche provoziert mit: *»I shop, therefore I am«*, ich kaufe, also bin ich. Triviales Zeug, könnte man sagen. Die Verbraucher glauben den Versprechungen ohnehin nicht mehr. Wenn es in einer Reklame heißt, dass »neunzig von hundert Menschen dieses Mittel bevorzugen«, unterstellen wir ironisch, dass es sich bei diesen neunzig um die Freunde und Verwandten des Werbefachmanns handelt. Als weniger harmlos empfinden heute allerdings viele die Alkohol- und die Tabakwerbung, die auf eine Untergrabung der Gesundheit hinausläuft, sowie die Werbung für Medikamente und Kosmetika, für die unzählige Versuchstiere ihr Leben lassen mussten, ohne dass der Konsument sich gemüßigt fühlt, über die Hintergründe seiner Alltagspraktiken nachzudenken.

Trotz allem: Wer etwas verkaufen will, muss in unserer Gesellschaft prahlen. »Öfter mal was Neues«, dieser von der Werbung hervorgebrachte Slogan trifft auf geheime Sehnsüchte und uneingestandene Ängste, die uns anfällig machen für Täuschung und Übertreibung. Wir wollen gar keine völlig realistische, nüchterne Werbung. Gerade weil das Leben für viele über weite Strecken lustlos und ungelebt verstreicht, entspricht die Täuschung der Werbung einem seelischen Bedürfnis, das eben durch eine nüchterne Wahrheit – »Kaufen Sie dieses Fahrrad, es ist billiger als die anderen, aber dafür hält es nur ein Jahr« – nicht gestillt werden könnte. Zumindest in schillernden Versprechungen wollen wir uns über die Farblosigkeit des Daseins hinwegtrösten, in neuen Sachen wollen wir uns selbst verjüngt fühlen, den anderen etwas voraushaben, unsere Neugier stillen, mit dem Allerneuesten glänzen, die Blicke auf uns ziehen, die uns selbstbewusst und unternehmungslustig machen. Auch wenn sich dieser Glanz hinterher als trügerisch erweist, wird so aus Lüge wenigstens zeitweise ein Stückchen Wahrheit.

Worin besteht nun die Kunst des Prahlens? Sie besteht in der Verbindung zwischen einem gesunden Realismus und Selbsterhöhung. So kann das Prahlen kreative Kräfte in uns wecken, es kann uns stimulieren und unsere Taten beflügeln, weil wir ein Versprechen in die Welt gesetzt haben, das danach verlangt, eingelöst zu werden. Sogar beim Drogenentzug ist das Prahlen eine bewährte Zuflucht. Denken wir an die Raucher, die sich, seitdem sie mit ihrem Laster aufhörten, mit ihrer Willenskraft brüsten. Daniel Charms schrieb am 4.10.1933 in sein Tagebuch: »Es ist gut und praktisch, um sich vom Laster des Rauchens zu befreien, Zuflucht beim Laster der Prahlerei zu nehmen.« Solange wir immer noch mit beiden Beinen auf dem Boden der Realität bleiben und nicht zum Opfer unserer Selbstüberschätzung werden, kann die Kunst des Prahlens, gewürzt mit etwas Humor und Selbstdistanz, dem Alltag Flügel verleihen, die, solange sie uns nicht davontragen, für etwas Glanz und Gloria im Einerlei des grauen Alltags sorgen.

Wie lässt sich das Prahlen in den Alltag integrieren? Der Psychotherapeut Allan Guggenbühl empfiehlt hier eine originelle Lösung: die Möglichkeit des inneren Prahlens.[3] Statt an ein äußeres wendet es sich an ein inneres Publikum. Wir lassen den Prahlhans in uns sprechen und überhöhen unsere Handlungen für uns selbst. So kann aus einem langweiligen Nachmittag ein Höhenflug geistiger Eingebungen, aus einer Klavierübestunde ein brillantes Konzert vor einem imaginativen Publikum, aus dem bescheidenen Mahl ein exotischer Hochgenuss werden. Unser inneres Publikum wird diese Überhöhungen mit Applaus würdigen.

Rituale

»Dieses Kleid steht Ihnen ja prächtig!« sagt er und denkt: »Im Grunde sieht sie ja aus wie eine Vogelscheuche.« Streng genommen müsste man sagen, er hat gelogen. Aber vielleicht hat er einfach gespürt, dass sein Gegenüber etwas Nettes hören wollte, und er tat ihr diesen Gefallen. Und vielleicht weiß sie auch, dass er im Grunde etwas anderes denkt, aber sie ist zufrieden, dass sie Zuwendung und Lob erhält. Die Geste des Mannes ist also weder wahr noch objektiv, sondern ein Akt der Höflichkeit. Das Ritual zeigt, wie er ihre Zerbrechlichkeit wahrnimmt, ihr Bedürfnis umschmeichelt, umworben und verehrt zu werden. Die Kunst der netten Worte kann ein Weg zu Nähe und Erotik sein, andererseits kann sie auch Schutz vor zuviel Nähe sein. Sie reguliert die Abstände der Menschen untereinander. Unsere Begrüßungsformeln sind ein Beispiel dafür, sie stiften Bezug und sorgen zugleich für Abstand.

»Hallo!«, »Schön, dich zu sehen!« kann zwar unaufrichtig sein, aber letztlich ist keine bestimmte Absicht damit verbunden, sondern einfach eine nette Geste, die nicht den strengen Bedingungen von Wahrheit gerecht werden muss, wenn sie dem anderen ein Gefühl der Wertschätzung gibt. Jonathan Swift drückt das treffend aus: »Wenn ein Mensch mich auf Abstand hält, tröste ich mich damit, dass er sich selbst daran hält.«[1]

Die Frage nach der Lüge stellt sich bei rituellem Verhalten deshalb nicht, weil wir davon ausgehen, dass rituelle Sätze wie »Wie geht's?« oder »Mach's gut!« keine bösen Absichten verfolgen, sondern Gesten der Beachtung oder Wertschätzung sind – oder einfach Markierungen, die dem Leben eine bestimmte Ordnung geben. Auch wenn sie unaufrichtig sein sollten, stellen sie meist keine Behauptungen auf und bringen keine Überzeugungen zum Ausdruck, sondern dienen sozialen Bedingungen, die es sogar ausschließen oder zumindest erschweren, dass Personen bestimmte Absichten damit verfolgen. Insofern kann man sagen, dass Rituale andere Regeln haben als die, die wir sonst für Kommunikation aufstellen. Die Sprache der Rituale ist eine kollektive Sprache, die durch ihre feste Ordnung, Struktur und Regelmäßigkeit dem Menschen sowohl erlaubt, hinter ihre schützenden Strukturen zurückzutreten, als auch verhindert, sich darin zu exponieren. Das zeigen schon die verwendeten sprachlichen Formeln. Denn je öfter man sie benutzt und wiederholt, desto weniger kann man damit meinen, weil man letztlich gar nicht mehr beabsichtigt, etwas Bestimmtes damit sagen zu wollen.

Rolle

Unsere Fixiertheit auf unterschiedliche Rollen, die wir im Leben zu spielen haben, ist zugleich auch das Einfallstor für zahlreiche Täuschungen und Lügen. Die Rollen als Vater, Mutter, Kind, als Chef oder Angestellter sind gewissen Spielregeln und ungeschriebenen Gesetzen unterworfen, denen wir uns unterordnen und die bestimmen, was richtig und was falsch ist. Rollen haben die Tendenz, eine Eigendynamik zu entwickeln, die verstärkt und gestützt wird durch Vorbilder, Erfahrungen, eigene Vorstellungen und Vergleiche mit anderen. Meist sind wir uns dessen nicht bewusst, wie wir in unseren Rollen gefangen sind, oder wir sind nicht in der Lage, sie zu relativieren und uns aus ihren starren Zwängen von Verhaltensmustern zu befreien. Was ist schließlich unser Alltag anderes als ein Sich-Verpflichten gegenüber einer bestimmten Rolle, mit der wir uns identifizieren? Immerhin ist sie etwas Greifbares. Man schlüpft in sie hinein und spielt sie, so gut man eben kann.

»Rolle« wird von Soziologen allgemein definiert als ein Verhalten, das in einer bestimmten Situation angemessen ist, in einer anderen hingegen nicht. Beifall zu klatschen etwa ist zwar keine Rolle, aber am Ende eines Konzerts könnte man es als Rolle des Besuchers bezeichnen, denn es wird erwartet, es ist angemessen (wenn das Konzert gut war) und situationsspezifisch. Wer nicht mitmacht, gilt als Außenseiter und wird mit Argwohn betrachtet oder gar geschnitten. Wir passen also unser Verhalten und unsere Ansichten den diversen Rollen an und respektieren die Beschränkungen, die sie uns abverlangen. Daher billigt man uns auch einen Abstand von unseren gesellschaftlichen Erwartungen zu, die etwas Tröstliches haben: »Der Mensch, der einzelne, ist nie ganz das, was er ›ist‹.«[1]

Von klein auf wird uns beigebracht, wie man dies oder jenes tut, wie eine richtige Mutter zu sein hat, ein zuverlässiger Vater, ein erfolgreicher Schüler, eine weise Großmutter, ein kompetenter Kollege, ein pflegeleichter Patient. Wir spielen aber unsere Rollen nicht nur wie Pantomimen, sondern wir sind immer »mehr« als das, was wir in unseren Rollen zum Ausdruck bringen. Wir bringen unsere situativen Rollen mit Werten in Verbindung, die oft nichts mit den tatsächlichen Anforderungen zu tun haben. Ob vernünftig oder nicht, wir basteln uns Erwartungen und Ansichten zurecht, die wir um jeden Preis ausagieren. Sicher gibt es Rollen, die unsere Fähigkeiten fördern, häufig aber erfahren wir viel unnötiges Leid, weil wir uns selbst einschnüren und unsere Rollen zu Gefängnissen machen, die uns einengen.

Erving Goffmann, ein führender amerikanischer Soziologe, betrachtet das ganze soziale Leben als eine Theateraufführung, in der wir Rollen spielen, die von uns erwartet werden. Aus seiner Sicht bedient sich jeder der Lüge, der Täuschung und der Selbsttäuschung, und was wirklich zähle, sei nicht die Wahrheit, sondern ein reibungsloser Ablauf sozialen Lebens.[2] Goffmann bietet mit dieser These auf jeden Fall eine Symptomatik für unsere moderne Malaise. Schaut man nämlich hinter die Kulissen, erfährt man, wie hoch der Preis ist, den wir für gesellschaftliche Rücksichten zahlen, zu denen wir alle genötigt werden, selbst die Aufrichtigsten unter uns. Unmengen von Begrüßungsdrinks, Kaffees, Pillen und anderen Drogen gehen auf Kosten dieser Rücksichten, die letztlich nur dazu dienen, den schönen Schein zu wahren. Wahrscheinlich würde die pure Wahrheit daneben oft sehr banal oder schmucklos aussehen.

Auch hinter dem sprichwörtlichen Satz »Wer einmal lügt, dem glaubt man nicht« verbirgt sich die Zuweisung einer Rolle, die mit dem Bedürfnis der Umwelt zusammenhängt, Etiketten zu verteilen, die die Welt überschaubar und berechenbar halten sollen. Wer die komplexe Wirklichkeit leugnet, für den ist es einfach, jemanden als Helden, als Versager, als Lump oder als Genie abzustempeln.

Wir alle bestehen nun einmal aus einem Bündel von Identitäten, die sich einem statischen Denken sperren, weil unser Selbst keine feste Einheit oder starre Kategorie ist. Unser Problem besteht nun darin, wie wir es schaffen, die Regeln und Erwartungen, die mit den verschiedenen Rollen verbunden und in ihren unterschiedlichen Kontexten gültig sind, miteinander zu vereinbaren oder auseinanderzuhalten. Diese Herausforderung macht unser Leben zwar reich und vielseitig, aber sie schafft auch Konflikte zwischen den verschiedenen Aspekten unserer Persönlichkeit. Wie Akrobaten oder Jongleure sind wir gefordert, die unterschiedlichen Erfahrungen und Kontexte zu selektieren, auszugleichen und immer wieder miteinander zu versöhnen – ein Tanz, der mit Eleganz, Leichtigkeit, Phantasie, Improvisationslust, aber manchmal auch mit Auseinandersetzungen und Qualen verbunden ist, wenn man dabei aus seiner persönlichen Mitte kippt.

Man nehme nur einen typischen Feierabend: Kurz vorher war man noch in seiner Rolle als Arbeitender, effizient, zuverlässig, kompetent. Zu Hause wird all das, was vorher Tugend war, zum Laster, man soll genießen, entspannt sein, großzügig und womöglich noch phantasievoll für die lieben Kleinen, die unbedingt eine Geschichte hören wollen. Dann ist noch der Ehepartner da, der ein paar zärtliche Worte gebrauchen könnte, und dazu ruft ein Freund an, der gerade in einer Krise steckt. Ganz schön viel auf einmal, was es da zu bewältigen gibt. Ist man da nicht regelrecht dazu gezwungen, sich wie ein Jongleur zu drehen und zu wenden, Einzelheiten zu vergrößern oder zu bagatellisieren, gewisse Dinge auszulassen und sogar anderes zu sagen, als man es in einem anderen Kontext gesagt hätte? Die Gefahr, dass die Identität dabei zerbröckelt, weil man sich verzettelt, ist vorhanden. Solange man aber damit leben kann, dass absolute Kohärenz wohl eher Wunschdenken ist, und den Kontakt zu seinem »Regie-Ich« nicht verliert, kann diese Rollenvielfalt unter der Herrschaft des Lustprinzips stehen. Sie gehorcht dem Zauber der Phantasie, dem Situationsgespür, der Geistesgegenwart, der Experimentier- und Spiellust, den unterschiedlichen Aufmerksamkeiten und fördert unsere Improvisationsgabe. Streng genommen könnte man dieses Rollenspiel als ein Stück aus lauter Lügen diagnostizieren. Aber kann es nicht auch ein Zeichen von Rücksichtnahme und Bewältigungskompetenz sein, wenn man diese unterschiedlichen Kontexte überhaupt auf einen Nenner bringt und so zugleich trennt? Verlangen die verschiedenen Bereiche nicht geradezu nach unterschiedlichen Sprachen, Bildern oder Sichtweisen? Haben wir nicht alle etwas vom Schauspieler in uns? Enthüllen wir nicht in jeder Rolle eine Seite, eine Möglichkeit von uns?

Wir sind auf Rollen verwiesen, aber in unserem Wesen eben nicht durch sie definiert. Dieses »Doppelgängertum«[3] enthält zwar immer die Gefahr, sich an eine Rolle zu verlieren und in ihr aufzugehen, aber ebenso die Möglichkeit, einen Ausgleich zwischen der privaten und der öffentlichen Rolle herzustellen.

Was uns die Rolle grundsätzlich auch gewährt, ist der Schutz einer Intimsphäre, die Chance, ganz wir selbst zu sein. Denn persönliche Identität entsteht durch die Wahlen, die wir treffen: was wir als wünschenswert erachten, wie wir unsere Zeit und unseren Raum verfügbar machen, wie wir unsere innere Erlebnissphäre gegen eine äußere absetzen, wie wir unsere öffentlich beanspruchte Leistungs- und

Verhaltenssphäre gestalten. Diese Entscheidungen hängen wiederum damit zusammen, wie wir uns selbst sehen und sehen wollen oder gesehen werden wollen.

»Im Grunde bin ich sehr großzügig«, sagte eine Dame, die mir im Zug gegenübersaß und ihre Handtasche fest an sich drückte, als liege es an mir, dass sie ihr wahres Wesen nicht zeigen könne. Es gehört wohl zu uns Menschen, dass wir das Wunschbild, das wir von uns hegen, gern als unser wahres Selbst betrachten. Vor allem, wenn wir versagen, ungerecht behandelt oder missdeutet werden, trösten wir uns mit dem Wissen, dass wir ja eigentlich ganz anders sind. »Mein wahrer Charakter ist ganz anders.« Wird eine Rolle, beispielsweise ein als streng bekannter Lehrer, so beherrschend, dass ihn auch die Familie zu Hause lieber meidet, kann er immerhin sagen: »Eigentlich bin ich ja ganz gutmütig ...« Diese Beteuerung enthält sicher auch einen Teil Wahrheit, vielleicht leidet er ja selbst an der verengten Sichtweise seiner Berufsrolle. Solange wir von unserem eigentlichen, wahren Wesen, von unseren unentdeckten, unerkannten Eigenschaften sprechen, schaffen wir immerhin ein Stückchen Hoffnung auf ein besseres Leben oder auf eine Existenz, in der wir dem näherrücken, was wir als unser Wunschbild in uns tragen. Und vielleicht ist gerade diese Hoffnung die Wahrheit in unseren verlogenen Rechtfertigungen.

Spielflächen

Die Erziehungsaufgabe heute kann nicht mehr so lapidar wie einst heißen, Kinder in die Welt der Erwachsenen einzuführen. Sie heißt vielmehr, mit den Kindern gemeinsam eine Wende zu vollziehen, die aus den Missbräuchen von Ersatzwelten führt, so dass sie ihre Sinne entfalten, ihre Beobachtungsgabe und ihren Phantasiereichtum schulen können. Sie werden keine Namen für ihre Not und ihr Glück finden, wenn sie nicht mit uns und wir mit ihnen auf die Spielfläche von Geschichten gehen, in der sie die Realität erforschen. Solange Kinder sich von Geschichten verzaubern lassen, müssen wir ihnen diesen Entfaltungsraum gewähren. Kinder führen uns Erwachsene auch auf Spuren der Wahrheit, die wir oft vergessen, weil sie mehr wahrnehmen als wir mit unseren Sinnen. Alle Kinder haben ein Bedürfnis nach Geschichten, nicht nur nach den eigenen. Der Satz »Erzähl mir doch keine Geschichte« zeigt ja, dass wir, wenn jemand Geschichten erzählt, davon ausgehen, dass nicht alles so ist, wie es sich wirklich zugetragen hat. Unser größtes Geschenk an die Kinder ist der Entfaltungsraum, den wir ihrer Geschichtenlust geben. Dieser Spielraum kann sich nur aus der Geborgenheit und Wärme unserer Zuwendung ergeben, auch wenn wir dabei manchmal gewisse Abstriche an die Wahrheit machen müssen.

»Im Deutschen lügt man, wenn man höflich ist.« Kinder haben zu diesem Satz aus Goethes Faust noch wenig Beziehung. Das mag wohl damit zusammenhängen, dass sie noch nicht so geübt darin sind, einzuschätzen, was sich schickt und ziemt und wann der andere eine Verletzung beim Anhören bestimmter Wahrheiten empfindet. Kinder müssen erst lernen, dass es Spielregeln für die Wahrheit und die Wahrheitsliebe gibt. Ihre Art der Verantwortlichkeit ist eine andere als die, die sich in Worten abspielt. Wo liegt für ein Kind der Unterschied zwischen der Wahrheit und einer tollen, verrückten Geschichte, wenn sich die Geschichte gut anhört? Oder zwischen der Frage: »Gibt es das?« oder »Gibt es das nicht?« – wenn es spannend zugeht? Kinder brauchen Spielflächen von Wahrheit, sie brauchen Geschichten, die sie unbefangen und unbelastet aufnehmen können. Mit zunehmender Erfahrung lernen sie ohnehin, dass es, wie bei jedem anderen moralischen Erziehungsziel, Unterschiede, Nuancen und Abstriche gibt. So bekommt der zunächst absurd erscheinende Titel eines Textes von George Bernard Shaw »Warum wir unsere Kinder belügen müssen« Sinn. Kann es nicht sein, dass sich unsere Kinder durch einen spielerischen Umgang mit der sogenannten Wahrheit vorbereiten und einüben in den Umgang mit erwachsenen Unwahrheiten? Um diesen Gedankengang abzurunden, möchte ich eine Sentenz des italienischen Schriftstellers Umberto Eco etwas umformulieren, der sagte: »Das Teuflische ist der Glaube ohne ein Lächeln.«[1] Ich sage stattdessen: »Das Teuflische ist die Wahrheit ohne ein Lächeln«, denn menschlich ist die Wahrheit nur dann, wenn sie mit dem Lächeln verbunden ist. Deswegen brauchen Kinder Probe- und Nebenbühnen, Fluchtstätten und Schlupfwinkel, wo sie sich in alternativen Geschichten ausleben, Dinge in einem anderen Licht betrachten, Missgeschicken und Enttäuschungen eine andere Fassung geben können. Neben der spielerischen Freude, den eigenen »Lügendetektor« zu schulen – denken wir an das uralte Kinderspiel, die leer gegessene Schale eines Eies umzudrehen und sie dem anderen als Geschenk anzubieten -, ist es vor allem die Sehnsucht nach Beachtung, die durch solche Spielbühnen gestillt wird.

Wir alle kommen nur über kurze Strecken allein damit aus, der Anerkennung durch uns selbst gewiß zu sein. Wir sind darauf angewiesen, bei anderen »gut dazustehen«, anerkannt zu werden, einen guten Eindruck zu machen. Wir alle haben erst recht das Bedürfnis, mit uns selbst zufrieden zu sein und nach einer guten Meinung von uns selbst, so dass wir bereit sind, die Realität zurechtzubiegen, damit sie mit unserem erstrebten Selbstbild in Einklang steht. Deshalb unterdrücken wir alle Neigungen, Emotionen, Impulse und Eigenschaften, die nicht zu dem von uns erwünschten Ich-Bild passen. Um die Distanz zwischen dem, was wir sind, und dem, wie wir gern sein wollen, zu überbrücken, brauchen wir den manchmal hilfreichen Beistand von Geschichten, die uns stabilisieren und helfen, die harten Kanten der Realität etwas abzuschleifen. Auch um mit Enttäuschungen fertig zu werden, können sich manchmal Lügen und Illusionen sogar als Heilmittel erweisen, die uns über schmerzvolle Realitäten hinweghelfen. Der Psychologe Karl Birnbaum pointiert diese Funktion der Selbsttäuschung:

»Ein schöner Wahn, der mich beglückt,
ist eine Wahrheit wert, die mich zu Boden drückt.«[2]

»Warum hat mich mein Kind belogen?« Diese Frage stellt sich allen Eltern einmal, gefolgt von Sorge und Ratlosigkeit, begleitet von Gefühlen, die von Ohnmacht bis hin zu Zorn und Schuldgefühlen reichen. Und doch wissen alle Eltern, dass ihre Kinder sie manchmal anlügen, schließlich können sie sich meist noch an die Lügen ihrer eigenen Kindheit und Jugend erinnern. Lügen untergraben die Gefühle von Vertrautheit und Nähe. Sie züchten Vertrauensverlust und können eine intime Beziehung empfindlich stören und sogar zerbrechen. Die meisten Eltern sind nicht vorbereitet auf die schwierige Aufgabe, Vertrauen zu stärken und Aufrichtigkeit zu fördern und dennoch ihren Kindern Selbständigkeit und Intimsphäre zuzugestehen. Außerdem wissen wir, dass Kinder viel stärker auf das reagieren, was ihre Eltern ihnen glaubhaft vorleben, als auf das, was sie ihnen sagen. Deswegen ist neben der Persönlichkeit des Kindes auch das Leitbild der Eltern ein wichtiger Faktor, den man in Betracht ziehen muss, wenn man verstehen will, weshalb manche Kinder mehr als andere lügen.

Wenn Eltern sich wegen der Lügen ihrer Kinder Sorgen machen, sollten sie zunächst einmal darüber nachdenken, in welchem Ausmaß sie selbst zu Lügen oder Ausflüchten neigen. Es gibt Kinder, die wie Seismographen all das registrieren, was Erwachsene vielleicht nur als harmlose Ausrede empfinden. »Warum hast du gerade am Telefon gelogen, der Papa ist doch schon längst heimgekommen?«, so oder ähnlich weisen sie auf die Heuchelei ihrer Eltern hin. Wenn Eltern ihre Kinder vom Lügen abhalten wollen, müssen sie fairerweise selbst überprüfen, wie oft und auf welche Weise sie von der Wahrheit abweichen. Die Entdeckung, dass ein Kind gelogen hat, bedeutet für die Eltern immer ein Stück Machtverlust, denn in der kindlichen Lüge drückt sich die Macht und das Recht des Kindes aus zu entscheiden, was es enthüllen, verbergen oder verschleiern will. Sein Recht auch, sich selbst zu schützen und eine eigene Privatsphäre zu verteidigen.

Manchmal ist es besser, Kinder zu täuschen, sie in ihrem Glauben an Feen, Weihnachtsmänner, Osterhasen oder Kobolde zu lassen und auf diese Weise ihre Phantasie lebendig und wach zu halten, als ihnen Wahrheiten zuzumuten, die ihr Urteilsvermögen überfordern. Darüber, wo die kleinen Kinder herkommen, wissen ja heute die meisten Kinder schon Bescheid. Aber ist es nicht aufregend, wenn das Kind, das in Sachen Zeugung so Bescheid weiß, plötzlich schlaflose Nächte hat vor Aufregung, weil das Christkind unterwegs ist? Und im Laden, wo die Regale voll mit weihnachtlicher Pracht sind, selbst eine Erklärung findet: »Gell, das Christkind kauft auch hier ein?« Eigentlich müssten aufgeklärte Eltern da bremsen, aber weil wir uns selbst an den schlimmen Moment, als die Wahrheit ans

Licht kam, noch so genau erinnern, bringen wir es einfach nicht fertig, schonungslos offen zu sein, und räumen deswegen vielleicht gerade noch ein, dass das Christkind zu Kindern, die an es glauben, ganz sicher kommt, weil es uns selbst am Weihnachtsabend oft so scheint, als habe das Christkind ein bisschen Glanz hinterlassen.

Was spricht dagegen, der Neugier des Kindes mit Phantasie zu begegnen? Jedenfalls gibt es keinen Nachweis dafür, dass ein phantasievolles Umgehen mit der Realität sich in irgendeiner Weise negativ auswirkt auf das spätere ethische Verhalten. Im Gegenteil, es gibt weit mehr Anhaltspunkte dafür, dass sich ein phantasievolles Umgehen mit der Realität positiv auf das Denkvermögen, das Lernverhalten und auf eine allgemein positive Lebenseinstellung auswirkt. Weit wichtiger als die Frage: Lüge oder nicht? scheint daher die Frage: Wieviel an Wahrheit kann mein Kind im Moment verkraften? Wie ist sein Urteilsvermögen? Wie gebe ich meinem Kind die Möglichkeit, wahrhaftig zu handeln? Dieses Denken und Fragen schafft Zutrauen nicht nur in die Eltern, sondern auch in das Kind selbst.

Wie oft geschieht es abends, dass Kinder beunruhigt sind von den Nachrichten, die sie im Fernsehen mitbekamen! Soll man sie dann zu Bett bringen mit dem Wissen, dass die Welt grausam und voller Gewalt ist? Oder stattdessen mit Seelennahrung und Trost durch eine Geschichte, die die harten Kanten der Realität etwas abmildert? Und wenn ein Kind sich verletzt hat oder gekränkt wurde, wenn es krank ist? Für ein Kind macht es einen wesentlichen Unterschied, ob man ihm eine sterile Medizin reicht oder ob man ihm eine Geschichte oder ein Lied mit der Botschaft gibt: »Hör gut zu, dann wird es dir bald besser gehen.« Die unausgesprochene Hoffnung jedes Kindes, umsorgt und behütet zu sein, wird bestimmt besser genährt, wenn wir uns der Sprache des Kindes bedienen, die es versteht: der Sprache der Phantasie und der Geschichten.

Sprache

Unsere Sprache gibt, wie eingangs erwähnt, Einblick in den Reichtum an Lügenmanövern: Da wird geflunkert, gemogelt, geprahlt, getrickst, geblufft, geschwindelt, geheuchelt, geschummelt und übertrieben. Begriffe, die unser alltägliches Zusammenleben in einem ernüchternden Licht erscheinen lassen.

Wort und Sprache sollen bekanntlich Brücken zwischen Menschen bauen. Vorgänge in der Politik, Wirtschaft und Werbung lassen aber eher den Eindruck entstehen, dass die Sprache zum Holzhammer, zum Schwert und zum Mordwerkzeug verkommen ist. Man könnte sogar sagen, dass Lüge und Täuschung vorrangige Merkmale der Sprache sind, denn sie ist nicht nur ein kommunikatives Medium und damit beziehungsherstellend, sie ist zugleich verhüllend und dadurch ein Faktor, der zu Spaltung, Verführung, Verachtung, Unterdrückung und Absonderung führt.

Das hängt zunächst einmal damit zusammen, dass wir nur schwer begreifen, dass Wort und Ding nicht dasselbe sind. Denn die Sprache sitzt dem, was sie auseinanderhalten soll, was bloß so aussieht oder was wirklich ist, nicht randlos und nahtlos auf. Wer also Worte für die Realität nimmt, macht nicht nur anderen und sich selbst etwas vor, sondern er glaubt auch an Lügen. Die Erfahrung zeigt, wie sich alles verwischt, besonders bei Abstraktionen wie

»Liebe« und »Freiheit« oder bei vagen emotionalen Zuständen und atmosphärischen Stimmungen. Manches lässt sich durch Worte einfach nicht einfangen. Der Glaube an Worte führt dazu, dass wir uns mit unserem ausgeklügelten System von Zeichen selbst betrügen. Denn letztlich führt der Glaube an Worte nur zum Streit um Worte, weil jede Sache immer unterschiedliche, sogar einander widersprechende Sichtweisen hat, die sich nicht ausschließen, sondern sogar ergänzen können. Worte werden dabei als scharfe Schwerter benutzt um der sogenannten Wahrheit willen.

Natürlich brauchen wir die Sprache zur Weltbewältigung, schließlich entlastet sie uns auch von der Trennung des Innen und Außen und ermöglicht Berührung und Weiterverarbeitung beider. Wir sollten jedoch zur Kenntnis nehmen, dass die Zauberkraft der Worte dort am meisten lebt, wo uns die Realität enttäuscht. Wer von Sprache redet und von ihren Wirkmöglichkeiten, muss auch von den Menschen reden, die diese Sprache benutzen. Wir alle tragen unzählige Filter in uns, durch die wir Wirklichkeit und Sprache wahrnehmen. Man denke nur an die vielen Zaubersprüche unter Liebenden, die, wenn sie ausbleiben, sehr rasch zu Verunsicherung und Verlustangst führen.[1]

Nicht nur die zahlreichen Euphemismen und Redewendungen des politischen und ideologischen Sprachgebrauchs, nehmen wir nur das Wort »Demokratie«, zeigen, dass die Sprache nicht nur verschleiernde, sondern auch antikommunikative Funktionen hat, die darin bestehen, zu verwirren, irrezuführen, zu lügen und zu betrügen. Nehmen wir das geläufige Wort »eigentlich«. Eigentlich ist es ja ein schönes Wort, aber eben nur eigentlich. Denn das Problem ist, dass ihm immer ein »aber« folgt. »Eigentlich«, so redet sich derjenige heraus, der eigentlich dieses oder jenes tun will, aber in Wahrheit gerade nicht, »wollte ich dich schon längst anrufen, aber leider kam mir was dazwischen.« Wer »eigentlich« benutzt, täuscht über seine wahren Absichten und schiebt die Verantwortung für sein Handeln auf das Unabänderliche, die Umstände oder andere, die ihn daran hindern, das eigentlich Richtige zu tun. Es gibt kaum ein Wort, in dem soviel Betrug und Selbsttäuschung daherkommen wie in dem harmlosen Wörtchen »eigentlich«. Wie sähe eine Welt ohne dieses »Unwörtchen« aus, etwa, wenn die Menschen sagen würden: »Ich will und ich werde mich daran halten«, » Ich werde pünktlich sein«, »Ich will und ich werde die Sache rechtzeitig erledigen«?

Vorsicht ist auch angebracht bei dem suggestiven Wort »natürlich«, ein Wort, das wohl am häufigsten verwendet wird, um von einem konkreten Hinterfragen abzuhalten. Ähnlich wie in den Wörtern »man«, »müssen« und «immer« lauern darin Unterwerfungsansprüche unter eine Gruppennorm, eine allgemeine Behauptung, ein Muster oder ein autoritäres Vorgehen. »Natürlich bist du pünktlich«, ein vertrauter deutscher Satz. »Für die Patienten ergibt sich daraus natürlich ...«, »Natürlich bin ich zum Abendessen zurück.« Vorsicht ist geboten bei solchen Sätzen, die sich kaum in Frage stellen lassen, weil sie mit Gegebenheiten zu tun haben, auf die wir keinen Einfluß haben oder haben dürfen, und weil sie die Frage nach dem »Wozu?« gar nicht erst aufkommen lassen.

Selbst in intimen Beziehungen scheint die Sprache oft mehr Verkleidung als Kleid der Gedanken zu sein. Ein paar der geläufigsten Lügen hierzu: Wenn »er« zu »ihr« sagt: »Ich verstehe dich nicht«, kann das heißen: »Du machst mir Angst.« Wenn er über sie sagt: »Sie ist zu neurotisch«, kann das heißen: »Sie ist intelligenter als ich.« Sagt er: »Sie ist zu spirituell«, kann das heißen: »Sie liest mehr Bücher als ich.« »Sie ist zu schwierig« kann heißen:

»Sie ist viel unabhängiger als ich.« »Sie ist zu schweigsam« kann heißen: »Sie langweilt sich zu Tode mit mir.« »Sie ist zu materialistisch« kann heißen: »Ich bin ihr nicht reich genug.« »Sie ist zu sachlich« kann heißen: »Mein Körper interessiert sie überhaupt nicht.« Solche Doppel- und Mehrdeutigkeiten sind eines der Mittel, die uns die Sprache zur Verfügung stellt, um unsere wahre Meinung zu verbergen und unser eigenes Gesicht zu retten. Das praktiziert zum Beispiel ein Kritiker, wenn er schreibt, der Instrumentalist spiele »selten schön« oder gar »furchtbar schön«.

Schließlich dienen auch die weit verbreiteten Vielzweckwörter als Versteck, die gewissermaßen unfertige Anreize weiterreichen, auf die man reagieren kann oder nicht. Früher, als moralische Kategorien noch nicht so verpönt waren wie heute, sagte man »ehrlich«, heute sind am beliebtesten »echt«, »cool«, »stark«, »chaotisch«, »mega«. Wörter, die eine gewisse Unbestimmtheit haben, weil sie nichts festlegen. Höchstens der Tonfall deutet an, was gemeint sein soll. All dies sind zwar noch keine Lügen, aber bequeme Einstiege oder Mittel für solche. Vor allem der Ton lässt sich leicht missbrauchen. Man kann wahre Dinge sagen, aber in einem Ton, der genau das Gegenteil meint.

Mehr als jede andere Sozialpraktik dient die Sprache mit ihren Dialekten, Akzenten oder Slangs auch dazu, soziale Barrieren zwischen Gruppen zu errichten, um damit Annäherung und Integration anderer zu verhindern. Man denke nur an politische Parteien oder sektiererische Kreise, die mit ihren fanatischen Überzeugungen andere ausgrenzen oder scheitern lassen, weil sie ihre Sprache nicht beherrschen. Das Thema »Sprache als gerissenes Werkzeug der Lüge« ist in Geschichte und Kultur immer wieder thematisiert worden, selbst der Volksmund spricht von Worten, die Schall und Rauch sind, oder von Wörtern, mit denen man andern ein X für ein U vormachen könne.

»Mein Gott! Die Sprachen der Menschen sind voller Betrügereien!«[2] klagt William Shakespeare, und der Philosoph Ludwig Wittgenstein warnt: »Die Sprache verkleidet den Gedanken. Und zwar so, dass man nach der äußeren Form des Kleides nicht auf die Form des bekleideten Gedankens schließen kann; weil die äußere Form des Kleides nach ganz anderen Zwecken gebildet ist ...«[3] »Der lügt wie gedruckt«, sagte man früher, heute müsste man vielleicht sagen: »Der lügt wie gefaxt.« In schriftlicher Form kommt der bekleidete Gedanke noch verschleierter und verführerischer daher, und seit der Erfindung der Fax-Maschinen noch wesentlich schneller. Wer hinterfragt heute noch seine eigenen ausweichenden Antworten, Euphemismen, Halbwahrheiten, wenn man beispielsweise schreibt »Wie geht es dir?« obwohl es einen nicht wirklich interessiert, »Mit freundlichen Grüßen«, obwohl man gar nicht wohlgesonnen ist, »Bis bald«, obwohl man gar kein Interesse an einem Wiedersehen hat? Da sprechen Politiker von Geldquellen, als würde das Geld aus der Erde hervorsprudeln, während von Steuererhöhungen die Rede ist, oder davon, dass Arbeitnehmer »abgebaut« oder für den Markt »freigesetzt« werden müssten. Selbst bei Unfällen spricht man nicht von Verantwortungslosigkeit, sondern von Alkohol, der »im Spiel« war. Oder denken wir an den mittlerweile weitgespannten »Psycho-Jargon«, dessen Floskeln oft nur noch zum Kalauern geeignet sind, wie beispielsweise »Das hat mich sehr betroffen gemacht«, »Woher kennst du das?«, »Irgendwie fühle ich ...«, »Du bist immer noch nicht versöhnt mit ...«

Euphemismen verschleiern vor allem unangenehme Tatsachen, weshalb wir beispielsweise von einem Häftling sagen, »er sitzt«, von einem, der seine Schulklasse wiederholen muss, »er dreht eine Ehrenrunde«, von einem Alkoholiker, »er trinkt«, von einer Bestechung »Subvention«, von einem Lügner, »er habe eine blühende Phantasie«. Die Ironie hingegen will nicht verhüllen, sondern entblößen, wenn man die Schwäche von jemandem lobt: »Du bist ein Könner« oder »Du bist ein Held«, um seine Feigheit zu unterstreichen. Interessant ist, dass uns die Sprache ermöglicht, Dinge mit Glacéhandschuhen oder mit Faustschlägen zu berühren. Diese Art von Verlogenheit kann Schaden stiften, sie kann aber auch Dinge entschuldigen, mildern oder aus der Welt schaffen.

Ein für Zeugenaussagen interessantes Beispiel der Sprachverführung ist die der Sprache innewohnende Tendenz der Steigerung. Bei der Wiedergabe einer Begebenheit wählt man unwillkürlich prägnantere, pointiertere, mehr besagende Worte als der Sache eigentlich zukämen. Dadurch wird die Aussage im Sinne einer sprachlichen Progression so entstellt, dass der letzte einer Gruppe von Berichterstattern etwas vom Ausgangssachverhalt sehr Verschiedenes erzählt. Nicht nur das nachlassende Gedächtnis, auch die Sprache trägt mit Schuld an dieser Verzerrung der Wirklichkeit.[4]

Sprichwörter

»Wer einmal lügt, dem glaubt man nicht, und wenn er auch die Wahrheit spricht«. Wer könnte sich selbst oder irgendeinem anderen noch glauben, wenn dieses Sprichwort wahr wäre? Denn es gibt keinen Menschen, der nicht irgendwann einmal gelogen hätte oder immer wieder einmal lügt. Manche tun es sogar ständig und routiniert und manche mit so akrobatischem Geschick, dass einem fast schwindlig wird ob derartiger Lügenvirtuosität. Unser

Sprichwort bezieht sich auf den Personen- oder Beziehungsaspekt der Lüge. Natürlich lässt sich niemand gern täuschen. Vertrauen baut sich letztlich auf Wahrheit auf, auch wenn sie mitunter unbequem ist, aber wenigstens weiß man, woran man ist. Dagegen haftet der Lüge etwas Sumpfiges, Schlüpfriges an, man versinkt darin und kann den Halt verlieren, wenn sie überhand nimmt. Aber fragen wir auch, wer denn am meisten geschädigt wird durch eine Lüge. Ist es nicht der Lügner selbst, der sich eine Entwürdigung antut? Um es noch schärfer zu formulieren: Bei jeder Lüge belügen wir uns letztlich selbst. Denn viel mehr als nach außen kann sie nach innen destruktiv wirken, weil sie die Wertschätzung des Menschen gegenüber sich selbst angreift und weil sie das Bedürfnis nach einem einheitlichen, ungebrochenen Ich beeinträchtigt. Am überzeugendsten kann deswegen jemand lügen, der an die eigenen Lügen glaubt. Dieser Glaube rettet davor, dass die Lüge für den Lügner selbst unerträglich wird, denn sie schützt vor Selbstverachtung.

Beim Lügen geschieht ja so etwas wie eine Spaltung in der Person. Lügen setzt immer eine Wahrheit voraus, die man annimmt und von der man abweicht, um andere an seine Version glauben zu machen. Man spaltet seine Person sozusagen in zwei Parteien, von denen die eine bejaht, was die andere verneint, und steht sich dabei selbst wie einem Dritten gegenüber. Demnach könnte man sagen, im geschickten Lügner triumphiert eine besondere Geschicklichkeit und Beweglichkeit, eine menschliche Kreativität, die sich über das Diktat der Gegebenheiten und der Dinge hinwegsetzt. Hinzu kommt die Gabe der Schlagfertigkeit, die benötigt wird, um seinen Zweck nicht zu verfehlen und sich nicht in Selbstwidersprüche zu verwickeln. Wenn das Sprichwort meint: »Wer einmal lügt, muss siebenmal zu lügen sich bequemen – denn sieben Lügen braucht's, um eine zu beschönigen«, so bezeichnet es die bekannte Tendenz jeder Lüge, zum Lügengewebe auszuarten, denn einzelne kleine Lügen müssen einander potentiell immer ergänzen können durch weitere Lügen. Eine Lüge verlangt um ihres Schutzes willen die nächste Lüge. Dieses Phänomen ist aus der Kriminalistik hinreichend bekannt. Erfindet ein Verdächtiger ein Alibi, so muss er immer weitere Geschichten erfinden, die das Alibi untermauern. Der Lügner muss also mehr Beweglichkeit, Gewandtheit, schöpferische Begabung und intellektuellen Aufwand aufbringen als der sogenannte Ehrliche. So könnte man das Sprichwort »Ehrlich währt am längsten« auch dahingehend interpretieren, dass man jene Mittel des Scharfsinns, deren die Lüge bedarf, nur als Ausnahme und nicht als Dauerzustand aufrechterhalten kann. Es ist einfach zu anstrengend, weil es wie ein Schwimmen gegen den Strom ist.

Es gibt auch genügend Beispiele, die beweisen, dass Lügen zurückschlagen, sich gegen den Lügner verschwören und ihn zum betrogenen Betrüger machen, bis dahin, dass er schließlich selbst nicht mehr weiß, was nun Dichtung und was Wahrheit ist. Hier beginnt eine verhängnisvolle Verrückung aller Maßstäbe, wie Treibsand, man versinkt darin und verliert jeglichen Halt – das tragische Schicksal von Menschen mit chronisch gewordenen Lebenslügen.

Der gefährlichste Lügner wäre demnach der Kluge, weil eine gewisse Intelligenz zur Lüge gehört. Lüge gepaart mit Dummheit pflegt sich in der Regel nicht lange durchzusetzen, fehlen ihr doch die intellektuellen Mittel, um diesen Ausnahmezustand konsequent und dauerhaft aufrechtzuerhalten.[1]

Aufgrund ihres intellektuellen Anspruchs und ihres notwendigen Erfindungsreichtums kann die Lüge auch Probe-Wirklichkeit sein und neue Wirklichkeit in Gang setzen. Man denke nur an Kinder, die den Eindruck haben, man höre ihnen nicht richtig zu. Sie erfinden immer neue, witzigere Geschichten, bis die Eltern endlich merken, was gespielt wird. Schon haben sie die Aufmerksamkeit, die ihnen so dringlich fehlte, und können getrost wieder zur Wahrheit zurückkehren. Aus Respekt gegenüber der Seele müssen wir nämlich auch in der Lüge nach seelischen Aussagen suchen. Oft drücken Lügen viel direkter die seelische Realität eines Menschen aus, als es manche Wahrheiten vermögen. Ähnlich wie Träume können sie Wünsche ausdrücken und als Mittel dienen, Aufmerksamkeit und affektive Zuwendung zu erhalten. Natürlich ist es einfacher, aber auch schmuckloser, wenn jemand sagt: »Bitte beachte mich!« Aber ist es nicht eine schöpferische Leistung, wenn jemand stattdessen eine kleine Geschichte erfindet – auch wenn sie vor den strengen Ohren der Moralisten nicht standhalten kann?

In der Tat gibt es sozusagen »engelhafte« Menschen, die durch ihre Unfähigkeit zur Lüge auffallen. Für sie gibt es gewissermaßen nichts anderes als die Wahrheit. Geraten sie in konflikthafte Situationen, sind sie zutiefst verunsichert und blockiert, weil sie die Spannung zwischen einer unwahren Aussage und dem wahren Inhalt nicht ertragen können. Gerade sie werden von Zweifeln und Skrupeln heimgesucht, weil ihre Gewissenhaftigkeit bei jeder kleinsten Abweichung wie ein zu empfindliches Radargerät ausschlägt. Sie besitzen weder die Nerven noch die Gewandtheit, sich unangenehmen sozialen Situationen zu entziehen. Die Kunst der Verhüllung und Verstellung gehört nicht zu ihrem Verhaltensrepertoire. Deswegen wirken sie oft schroff und taktlos und können mit ihren ungeschminkten Wahrheiten sogar verletzend wirken, weil sie die Kunst der Schonung und des Takts so wenig beherrschen. Da sie sich dem Auge so offen und ohne Zauber oder Geheimnis enthüllen, wirken sie nicht anziehend.

Mag ihre Wahrhaftigkeit noch so echt gefühlt, gewollt und gedacht sein, ist sie vor einem Umkippen ins Lächerliche nicht sicher. Solche Menschen gelten als Spielverderber und werden eher zu Opfern der Ironie als der Ehrfurcht, weil ihnen die notwendige Diskretion und soziale Geschicklichkeit fehlen.

Tod

Der Tod gehört nicht in die Lebensarena der Macher und der Sieger. Er ist an die Peripherie der Städte verlegt worden. Die symbolische Austreibung der Toten aus der Gemeinschaft der Lebenden und die gesellschaftliche Abtrennung des Todes hängen mit unserer Unfähigkeit zusammen, mit dem Tod zu leben. Sämtliche Lügen lassen sich letztlich von dieser Abspaltung des Todes herleiten. Da kein Mensch fähig ist, den Tod als den eigenen zu begreifen, ergeben sich daraus zwei einander ergänzende Einstellungen: Der Tod gehört nicht zum Leben, sondern steht ihm, unzusammenhängend und unversöhnlich, als eine absolute Kränkung oder Vernichtung gegenüber, und: Weil der Tod nur als der »Tod des Anderen« (P. Ariès) denkbar ist, hält man sich an den des anderen. »Leben und sterben lassen«, wie der Titel einer James-Bond-Story lautet, ist die Faustregel, an die man sich zur Selbsterhaltung klammert.

Der Tod wird verleugnet, verschwiegen oder ignoriert, und deshalb hält man sich alles vom Leibe, was an ihn erinnern könnte, und trotzt dem Unvermeidlichen: Krankheiten werden bekämpft, Schönheit wird konserviert und Jugend wird um jeden Preis verlängert. Wer keinen Sinn mehr sucht, verschreibt sich dem Spiel der Sinnlosigkeiten; die Flut der gängigen Nonsens-Produkte bezeugt diese zynische Haltung. Wer sich mit Leichtigkeit tarnt, dem werden die letzten Unsicherheiten genommen, wenn er Dale Carnegies Millionenbestseller beherzigt, der schon im Titel keinen Zweifel lässt: »Sorge dich nicht, lebe!« Wenn man aber zu denen gehört, die grübeln oder leiden, ist man selbst schuld. Da man gegen den Tod ohnehin nichts machen kann, bleibt eben nur die Entschlossenheit, alles so zu nehmen, wie es nun mal ist: für sich selbst, die anderen und die Umwelt. Positiv denken und bloß nicht seinen Spaß verlieren oder gar Trübsal blasen – Hauptsache leben.

Die Kehrseite aber ist ebenso wahr: Welcher Sterbliche hätte je den Abgrund seiner Existenz auch nur einen Tag lang mit dem nötigen Ernst und der nötigen Haltung ertragen, ohne den Verstand zu verlieren?

Auf dem Hintergrund der Sterblichkeit sind alle Lügen in letzter Konsequenz Mittel zum Nichtsterben, zur nackten Selbsterhaltung. So verwandelt das Nicht-sterben-Wollen die Welt in eine Bühne der Überlebenskämpfe, wo einer des anderen Konkurrent ist, und alles, was am Leben hindert oder das eigene Wollen blockiert, wird zum Feind und deshalb verhindert, bekämpft oder umgangen. Eine Einstellung zum Tod, die durch Ablehnung gekennzeichnet ist, lässt das Leben zu einer materialistischen Kulisse nach dem Motto »Nach mir die Sintflut« verflachen, die von unstillbarer Gier beherrscht ist, hinter der sich statt der ersehnten Erlösung nur noch das Nichts vermuten lässt. Auch in der Familie bleibt der uneingestandene Bezugspunkt letztlich das eigene Ich, denn selbst in den eigenen Kindern liebt man sein »eigen Fleisch und Blut« und erhofft sich wenigstens auf diese Art ein Fortleben über den Tod hinaus.

Was früher das Priester- oder Schamanenwissen ausmachte – ein Wissen um Räume und Vorkommnisse jenseits des Todes –, ist dem modernen Ich, das sich durch Kontrolle, Rationalität und Pragmatismus selbst erzeugt, abhanden gekommen. Nur ein Ich, das sich seiner Sterblichkeit bewusst ist und damit sich selbst transzendieren kann, wäre imstande, eine Haltung zum Jenseitigen einzunehmen. Der Tod ist heute aber für die meisten nicht mehr ein Tor irgendwohin, sondern Schlusspunkt, Abbruch. Dies verändert auch den Blick auf das Leben. Wenn man Sinngebung nur noch aus sich selbst nehmen kann, verdunkelt sich die Welt. Es kommt zu Depressionen oder zum Erschrecken, wenn man erkennt, dass es keinen Sinn gibt, sondern dass wir Fiktionen, Illusionen, Lügen hinterherlaufen – darum bleibt als seelische Realität nur noch die reine Selbsterhaltung. Aber das ist nicht das letzte Wort, denn in dem Maß, wie man das Jenseitswissen früherer Generationen »abgeschafft« hat, sind Ideen, die früher als metaphysische galten, handfeste Realität geworden: Raumfahrt, Denkmaschinen, Drogen, Leistungssport, Tourismus, Verjüngungszauber, Weltkommunikation. – Letztlich alles Erweiterungen und Sprengungen der banalen Begrenztheit unserer gegebenen Welt. Ersatztranszendenz, um einen Begriff Peter Sloterdijks zu gebrauchen.[1]

Daneben gibt es aber als Gegenbewegung längst eine Rückkehr zu mystischen Tendenzen oder zu religiös-animistischen Einstellungen, die wie eine Notwehr gegen die Zumutungen unserer materiellen Welt und die Verdrängung des Todes wirken. Spiritismus, schwarze Metaphysik, Grenzverkehr mit Wesen von »drüben« – alles Beispiele, die ahnen lassen, wie Menschen auf der Suche nach Schlupfwinkeln von Sinngebung sind, um in einer skeptischen Welt »das Jenseitige« zu verteidigen. Hier allerdings liegt die andere Gefahr, dass gerade aus Religiosität Oberflächlichkeit entsteht, weil die Einmaligkeit des Lebens und die Endgültigkeit des Sterbens nicht ernst genommen werden.

Der Vorwurf, wir überließen die Sterbenden sich selbst, weil wir die eigenen Todesängste nicht ertragen, ist berechtigt. Wie können wir aber zu einer ehrlichen Einstellung dem Tod gegenüber gelangen? – Sicher nicht durch moralische Appelle. Dorothee Sölle hat in einem Vortrag sinngemäß gesagt, dass man das Sterben lernt, indem man zugibt, dass der Tote, der auf dem Grabstein spricht: »Du wirst sein, was ich bin« nicht nur als Lektion am Ende des Lebens, sondern mitten im Leben zur Kenntnis genommen wird.[2] Bejahung der Endlichkeit ist durchaus eine Einstellung, die man gewinnen kann, aber nur auf dem Hintergrund eines vollen, bejahenden Lebens und Selbstbewusstseins. Bezeichnend für unsere Zeit wiederum ist, dass sie für das weite Spektrum von Selbstbejahung kaum einen anderen als den abwertenden Begriff »Narzissmus« kennt. Wie eine Keule wird er gegen persönliche Tendenzen der Selbstbesinnung geschwungen und für suspekt gehalten. Anscheinend braucht unsere Gesellschaft Menschen, die voller Selbstzweifel, Ehrgeiz und Sucht nach Bestätigung sind, denn das heizt schließlich den Konkurrenzkampf an.

Urlaubslügen

»Endlich Urlaub«, ein Stoßseufzer von Millionen von Menschen. So beschließt man nun, »sich mal was Gutes zu gönnen«, den Fesseln des Alltags zu entrinnen und teilzuhaben an dem weitverbreiteten Gesellschaftsspiel, das sich

Urlaub nennt. »Der Alltag ist schändlich leblos ... es gibt nichts Schöneres als aufzubrechen«, hat Peter Handke in einem Interview gesagt.[1] Auch wenn die Autobahnen sich in überfüllte Campingplätze verwandeln, Verspätungen im Flugverkehr noch größere Ausmaße als sonst annehmen und die Wartezeiten an den Schlagbäumen zu unseren Nachbarländern in keinem Verhältnis zur Kürze der Kontrollen stehen, wird die Urlaubszeit doch herbeigesehnt, denn dann will man sich endlich erholen. »Schau sie dir an – wie Lemminge«, hat David Lodge die Touristen in seinen »Neuesten Paradies-Nachrichten« beschrieben.

Wenn man schon Urlaub macht, dann soll es auch etwas Besonderes sein. Wer gibt schon gern einen einfachen, schlichten Urlaubsort zu, wenn es Reiseziele gibt, die Renommee versprechen und geeignet sind, Kollegen und Freunde neidisch zu machen? Wenn schon Ferien auf dem Bauernhof, dann in Neuseeland, wo der Nachbar noch nicht war. Kanaren kann man vergessen, dort kommt ja jeder mal hin. Sri Lanka? Zu gefährlich. Mallorca? Also, doch nicht auf die Putzfraueninsel! Für die, die es besser machen wollen, boomt neuerdings der alternative Markt – Wanderungen, Schlittenfahrten, Wildnishütten. Da trägt man wenigstens ein ökologisch reines Gewissen im Rucksack. Umfragen haben erwiesen, dass es kaum ein Reiseziel gibt, das so viel Prestige verspricht wie die Karibik. Vor allem im Winter. Im Sommer Urlaub machen, das kann doch jeder. Aber knackebraun im Winter, verwöhnt unter Palmen mit Kokosnüssen und dazu exotische Drinks, das kann sich nicht jeder leisten. Nichts geht über das Prestige und die Schadenfreude beim Anblick der bleichen Gesichter in der Heimat.

Die Urlaubslügen erfüllen eine Funktion: Sie sind romantischer Ersatz für Erlösung, Genuss und Freiheit. Ihr Dogma: Heilserwartung dank Ortsveränderung! Sie können Leben retten, weil sie eine andere, bessere Welt versprechen, und zwar in absehbarer Zeit und zum festgesetzten Preis. Als Entschädigung für die Käfige wirtschaftlicher Notwendigkeit bieten sie herrliche Aussichten in das »Gelobte Land«. Reiseunternehmen mit ihren Verheißungen »Glück ist käuflich« oder »Glück ist machbar« leisten ein Übriges, um diese Mischung aus Lüge und Phantasie kräftig anzuheizen. Verschwiegen wird, dass Glück sich nicht einkaufen lässt. Der kommerzielle Trip öffnet die Pforte zum Glück vielleicht einen Spalt breit, zumindest werden Wünsche und Illusionen geweckt, aber er lässt die Menschen leer ausgehen, weil er sein Glücksversprechen nicht einlösen kann. »Ich fühle mich überall ein bisschen unwohl«, charakterisiert eine Vielgereiste dieses partielle Glück auf Zeit. Vielleicht spürt sie die Lüge, die hinter der Verheißung steht, dass Glück sich als kommerzieller Kick kaufen ließe.

Wie sich Menschen ihren Urlaub erträumen, lässt ahnen, wie sie sich ihr Leben eigentlich ersehnen. Wünsche und Illusionen spiegeln aber auch immer Mängel und Versagungen. Es sind Glück und Freiheit, Erlösung aus der Unvollkommenheit und Mittelmäßigkeit, die Menschen in ihrem Alltag versagt bleiben. Ihre Wunschbilder sind daher nur allzu menschlich, nehmen sie doch den Druck von der Seele und geben Hoffnung auf eine bessere Welt. Obwohl es schlicht Lügen sind, die Menschen da von Reiseveranstaltern vorgegaukelt werden, verhindern sie doch immerhin, dass Menschen noch unglücklicher sind. Zumindest hat man einen partiellen Genuss gehabt, dank Schecks und Kreditkarten kommen das Zahlen und das Darben erst später. »Erst genießen – später zahlen«, so heißt die Devise. Im Nachvollzug des Neides der anderen lässt sich an das vorgespielte Glück sogar eine Weile glauben, natürlich nur so lange, wie es bei den anderen etwas gilt. Nicht zu unterschätzen ist auch die Vorfreude auf den Urlaub, die bereits Monate vorher Zustand und Befindlichkeit positiv beeinflusst und vielen dabei hilft, Ermüdungs- und Sättigungserscheinungen der Arbeit besser zu verdrängen. Dasselbe gilt auch, wenn man vom Urlaub zurückkehrt. Man erlebt die Arbeitsroutine wieder neu, obwohl man sich auch im Urlaub nicht allzu sehr von ihr entfernt hat. Viele behalten nämlich auch im Urlaub ihr gewohntes Leistungsstreben bei, nur dass der berufliche Stress eingetauscht wird gegen möglichst viele Unternehmungen. Man will ja schließlich nichts versäumen, gibt es doch so viel zu besichtigen, was »man« unbedingt gesehen haben muss. Wie hartnäckig sich doch – allem Anschein zum Trotz – der alte Mythos behauptet, dass Reisen bilde. Auch bei der Ansicht vieler beliebter Ferienparadiese, die sich kaum von deutschen Hochhaussiedlungen unterscheiden, oft sogar noch häßlicher sind, nur dass sie ans Meer und in die Sonne gestellt worden sind, fragt man sich, was mit der Wahrnehmung der Menschen geschehen ist, wenn sie trotzdem von Ferien träumen, in denen alles ganz anders als zu Hause sei. Oder kommt hier das alte »Thomas-Theorem« zur Wirkung, wonach unsere Wahrnehmung einer Situation sie zu dem macht, was wir als real definieren? Eine sonnendurchflutete Neubausiedlung auf den Kanaren wird tatsächlich anders erlebt als eine ähnliche Siedlung in Hannover. Oder wirkt hier die von der amerikanischen Marketingforscherin Faith Popcorn beschriebene Einstellung: »Entführt mich in ein anderes Leben. Aber holt mich zum Abendessen zurück.«?[2] Die Lüge dabei ist, dass sich die Menschen etwas vormachen und ihre tatsächliche Situation nicht mehr angemessen zur Kenntnis nehmen. Dieser Widerspruch zwischen Traum und Wirklichkeit hat vielleicht punktuellen Nutzen, aber auf die Dauer verkehrt er sich in einen Nachteil mit emotionalem Leerlauf.

Obwohl der Urlaub sich als Paradies mit kleinen Kratzern oder gar mit hässlichen Sprüngen herausstellt, wird man diese unschönen Wahrheiten doch nur selten zu hören bekommen. Allenfalls ein kleiner Diebstahl wird erwähnt, den man aber gut weggesteckt habe, da man ja schließlich schlauer als der Dieb war und noch einen Extra-Geldgürtel um den Bauch geschnallt hatte. Oder ein paar beunruhigende Bilder der Armut hinter dem Glanz der Luxusvillen, wo einem klar geworden sei, wie »gut wir es haben« hier in Deutschland. Ansonsten scheinen sich die meisten an Dedekinds Ratschlag des Grobianus (1615) zu halten: »Ein anständiger Mensch hat am Tisch so viele Reiselügen zu erzählen, dass das Brotmesser Scharten und Zacken bekommt und der Gastgeber damit das Brotmesser zersägen kann.«[3] Es scheint sogar eine Faustregel zu geben: Je ferner das Reiseziel, desto grandioser der Reisebericht. »Alle waren so gastfreundlich«, die Mitbringsel »fast für nichts«, die Bedienung »so was von freundlich«, das Buffet »wie im Schlaraffenland«, und sogar die Zigaretten waren inclusive – ein Super-Schnäppchen. Wo bleiben nur die Reisestrapazen, die nervenaufreibende Fahrt mit dem Bus zum Hotel, die vielen Verspätungen, die Anmacherei am Strand und auf der Straße, das endlose Warten in der Abflughalle? Urlaubslügen – ohne Ende!

Spätestens dann, wenn die innere Leere mit Phantasie- und Freizeitwelten nicht länger zu kaschieren ist, steht der Sinn nach rascher Versorgung mit »höheren« Werten. Da schlägt die große Stunde der Gesundheitszentren und Schönheitsfarmen. Ihre Preise sind maßgerecht auf das schlechte Gewissen der Menschen zugeschnitten, die weder krank genug sind, um wirklich krank zu sein, noch gesund genug, um wirklich gesund zu sein. Der Wunsch nach Gesundheit oder Jugendlichkeit ist begreifbar und berechtigt, aber die Lüge beginnt da, wo man seine Verantwortung dafür abgibt und »sich gesund machen lässt«. Erst wird entsagt, gebüßt und entwöhnt, um nachher mit gutem Gewissen und unbeirrbar seinen destruktiven Lebenselixieren weiter zu frönen. Man hat ja schließlich etwas auf sein Gesundheitskonto angelegt, das muss zumindest ein Jahr lang reichen – bis zur nächsten Durststrecke. Die Gesundheitsmakler lachen sich ins Fäustchen, weil sie davon leben: »Alle Jahre wieder.«

So gefährlich die Gesundheitslüge ist, gibt es aber noch eine weitere Steigerung, die nicht selten zu tiefen Enttäuschungen und Narben in der Seele führt: die Lüge der Angebote für Transzendentales. Übrigens sehr gewinnträchtig – für die Veranstalter! Mittlerweile ist das Angebot international und so kommerziell und reichhaltig, dass man von einer regelrechten Welle der Unübersichtlichkeit sprechen kann. Ebenso wie der Fassadenfirlefanz künstlicher Freizeit- und Ferienparadiese können auch metaphysische Befreiungsangebote nur Scheinlösungen bieten, zumal sie beide nur Instant-Gratifikationen bieten, die zwar für eine absehbare Zeit der Alltagsmonotonie, der Langeweile und der Einsamkeit entheben – aber was kommt danach? Die Lüge der esoterischen Makler besteht in der Exklusivität ihrer Befreiungsversprechungen, die stets verschweigt, dass es sich bei all diesen Heilslehren um Wege, und zwar in der Regel um lange Wege handelt, die mit viel Hingabe und ebenso viel Disziplin zu gehen sind. Die Lüge vom »quick fix« ist ein Betrug an den Menschen, die nach innerem Reichtum suchen. Deshalb bleibt bei ihnen oft mehr als nur ein überzogenes Konto zurück, oft sind es auch Narben von Wunden, die der Verrat an ihren Seelen ihnen geschlagen hat, weil die versprochene Befreiung ausgeblieben ist. Urlaubslügen – ein Kapitel ohne Ende!

Vergessen – verdrängen

Vergessen und verdrängen sind Begriffe, die zur Alltagserfahrung gehören. Wir ärgern uns über die eigene Vergesslichkeit und die der anderen. Wird uns eine Verdrängung bewusst, stellen sich Verlegenheit und ein schlechtes Gewissen ein. Wörter, die mit der Silbe »ver« beginnen, haben überhaupt meist einen negativen Anstrich. Sie sind *ver*dächtig, weil sie das Abweichen von einer Richtung anzeigen und weil sie mit dem »Falschmachen« oder »*Ver*kehrtmachen« assoziiert werden. Sie stehen immer in einem Bedeutungsfeld, das durch Gegensatzbeziehungen umschrieben werden kann. Statt zu *ver*gessen, sollen wir uns erinnern, statt zu *ver*drängen, sollen wir uns bewusst machen und so weiter.

Als Therapeutin erlebe ich immer wieder, dass Vergessen und Verdrängen auch eine Gnade sein können. Wir Therapeuten wissen um die Gefahren einer Konfrontation mit der eigenen Geschichte, die mitunter destabilisierend sein kann bis hin zum Zusammenbruch und alles andere als heilend. Es gibt Menschen, die nur durch Verdrängung überleben konnten, weil sie unter Bedingungen aufwuchsen, die keine emotionale Entlastung durch Gespräche kannten.

In allgemeinen Redewendungen drückt sich aus, dass das Vergessen und Verdrängen auch Regeln folgt, über die der einzelne nur bedingt verfügt. Wir sagen »die Zeit heilt die Wunden«, »im Alter wird man vergesslich«, »vergessen können ist ein Glück«. Das hängt damit zusammen, dass das Sich-Erinnern viel mehr ist als nur ein Abrufen von Informationen aus einer Datenbank. Die Erinnerung macht Gegenwart und Vergangenheit gleichermaßen präsent und stiftet Bedeutungszusammenhänge, durch die

Sinn und Lebensgeschichte entstehen. Nicht nur Individuen, auch Völker verfügen über ein »kollektives Gedächtnis«, über spezifische Formen des Erinnerns, zwischen denen die weißen Flecken des Vergessens und Verdrängens liegen. Man denke nur an die dunkle Seite der jüngsten Nationalgeschichte. Die Medien, die Geschichtsschreibung und die kritischen Fragen der jungen Generation brachten immer Neues ans Licht, so dass nicht länger geschwiegen und verdrängt werden konnte. Nun galt es als Pflicht, sich zu erinnern. Und das Sich-Erinnern lässt sich auch nicht einfach wieder abschalten, Vergessen ist oft schwerer als sich zu erinnern. Wir alle bestehen aber nun einmal aus einem Geflecht von Vergessen und selektivem Erinnern, das unser Leben erst erträglich macht. Die Fähigkeit des Vergessens gibt uns auch Zeit zu leben, ohne ständig im Wissen des Todes zu sein.

Die Kunst des Vergessens und Verdrängens ist vielleicht die humanste oder barmherzigste Form der Lüge – im Hinblick auf eigene Fehler und Schwächen sowie die der anderen. Nur der zeitweilige Ausbruch aus unseren Ängsten führt uns ins Leben. Kinder und Erwachsene brauchen diesen seelischen Tranquilizer gleichermaßen. Das selektive Vergessen-Können und Verdrängen, das Kinder oft viel besser beherrschen als Erwachsene, lässt uns Schlupflöcher der Inkonsequenz, des Ausklammerns, der Abweichung, letztlich der Versöhnung finden, die uns ins Leben führen und damit zur Teilhabe am anderen. Wenn wir aller je erlebten Ängste und Enttäuschungen stets gewahr wären, wäre unser Leben wahrscheinlich eine Tortur. Deswegen sind das Unbedachtsein-Können und das Vergessen-Können, im Gegensatz zur Gedächtnisschwäche, eine Kunst, denn die Paradoxie ist wahr: Wer vergessen kann, bekommt ein gutes Gedächtnis. Bis zu einem gewissen Grad muss wohl jeder Mensch dafür sorgen, dass er einem Wissen, das allzu tief in sein Leben eindringen könnte, auch immer wieder entrinnen kann. Es hat Vorteile, wenn man Dinge eliminiert, solange man sich nicht allzu weit von seiner eigenen Realität entfernt. Besonders Grenzsituationen und Schicksalsschläge sind es, die uns immer wieder zeigen, dass es oft unvermeidbar wird, sich gegen bestimmte unerträgliche Herausforderungen zu schützen.

Wahrheit

Ohne Lügen scheint es also nicht zu gehen. Aber weshalb beharren alle philosophischen und moralischen Systeme sowie das achte Gebot darauf, dass wir die Wahrheit sagen und nicht lügen sollen? Und wir selbst erwarten ja von den anderen auch Wahrhaftigkeit im Sprechen und Handeln, obwohl wir wissen, wie häufig wir selbst – sogar ungewollt – gegen das Wahrheitsgebot verstoßen. »Ein jeder sehe den Balken in seinem eigenen Auge«, lautet die biblische Mahnung. Wie schwer ist es aber, zu einer Wahrheit zu stehen, die für uns selbst beschämend, peinlich oder feindselig ist!

Geht es dem Wahrheitsgebot also um den schönen Schein, die glatte Fassade? Sicher nicht, denn keiner wird leugnen, dass es für unser Leben, für das unserer Mitmenschen und für die Gesellschaft insgesamt sehr wesentlich ist, wie wir es mit der Wahrheit halten und warum die Wahrheit der Lüge vorzuziehen ist. Besonders in unserer Zeit, in der so vieles zu zerfallen droht, wo nicht nur Lebenspläne, sondern auch Materielles nicht mehr gefestigt erscheinen, besteht eine Sehnsucht nach Sicherung von

Weltsicht und Denkweisen. Man könnte sogar sagen, dass der Bedarf an Wahrheit, die alles erklären und allem Sinn geben könnte, noch nie so groß war wie heute. Aber gleichermaßen unübersichtlich ist auch das Angebot, das von Machtverwaltern, Meinungsmachern, Interessenvertretern und Politikern als forsche Stellungnahmen und lockere Versprechungen verbreitet wird.

»Die Wahrheit wird euch frei machen«, heißt es im Johannesevangelium 8, 32. Woher stammt die Idee, dass die Wahrheit uns frei machen könne? Und was heißt überhaupt »die Wahrheit sagen«? Warum beschäftigt die Idee der Wahrheit das menschliche Denken schon seit jeher? Wahrheit – Unwahrheit sind derart elementare Gegensätze, dass man sich keinen normalen Menschen vorstellen kann, der nicht zwischen beiden unterscheiden könnte. Dennoch wird uns die Entscheidung erschwert, weil es nicht nur um eine Sache geht, über die man etwas Wahres oder Falsches sagen kann, sondern auch um eine Person, die eine Sache vertritt. So können wir Wahrheit und Lüge trotzdem oft nur schwer unterscheiden. Was für den einen »glatte Lüge« ist, erscheint dem anderen als »reine Wahrheit«.

Diese Begriffe, die so selbstverständlich scheinen, besitzen vielleicht gerade deswegen ihre Faszination und Bannkraft, weil wir nie sicher sein können, was sie wirklich sind und was sie bedeuten. Wahrscheinlich wird der Mensch auf der Suche nach der Wahrheit nicht müde, weil die Wahrheit ein Ideal, ein Anspruch ist, dem wir uns nur annähern und dessen wir nie gänzlich habhaft werden können, der uns auch nie loslässt. Was Wahrheit eigentlich ist, entzieht sich letztlich der Aussage und der Fassbarkeit.

Soll das heißen, dass Wahrheit gar nicht existiert oder vielleicht nur in unserer Vorstellung? Beides ist wohl richtig, da die Wahrheit immer das ist, was wir dafür halten, und je nachdem, aus welcher Position wir uns ihr nähern, hat sie stets ein anderes Gesicht. Wahrheit scheint nur so lange eine einfache Angelegenheit zu sein, wie es um triviale, eng gefasste Inhalte geht wie: Welche Farbe hat die Tasche?, Wo ist das Auto?, Wann kommst du nach Hause? Geht es um komplexere Zusammenhänge und Abläufe, können falsche Gewissheit und Lüge dicht beieinander liegen. Schon die einfachste Schilderung eines Tatbestandes – alle Zeugenaussagen über irgendeinen Vorfall beweisen es – sind trotz aufrichtigen Bemühens um Wahrhaftigkeit wenn auch nicht gerade Fälschungen, so doch Trübungen des tatsächlich Geschehenen. Worüber wir auch immer berichten, schildern wir nicht das Geschehnis als solches, sondern zeigen zugleich, wie wir es bewerten, also uns selbst oder den situativen Zustand, in dem wir uns gerade befanden. Letzten Endes gibt es wohl gar keine objektiven, sondern nur »projektive« Wahrheiten. Was wir finden, hängt immer von dem ab, was wir suchen. Und was wir suchen, hängt davon ab, wer und wie wir sind und was wir zu wissen glauben. Wir suchen die Dinge nicht, wie sie sind, sondern wie wir sind. Kurzum: Es ist viel leichter zu sagen, was die Wahrheit nicht ist als was sie ist.

Irgendetwas in unserer menschlichen Natur sorgt aber dafür, dass uns die Suche nach der Wahrheit auch nicht loslässt. Hat das vielleicht damit zu tun, dass wir uns selbst entglitten sind und uns nicht mehr aufgehoben fühlen im Kosmos als ein Teil des lebendigen Systems Leben? Die Geborgenheit in der Natur, das Glück, im Kosmos aufzugehen, soll aufgewogen werden durch das »Haben« von Gütern; aber als Betrachter der Natur erleben wir, wie der Philosoph Emmanuel Lévinas sagt, »eine Fremdheit auf dieser Erde«, ein Dasein in der Wüste, einen Aufenthalt, der in eine noch ungewissere Zukunft – das Jenseits, in den Tod mündet.[1] Unsere Selbstvergewisserung suchen wir deshalb in einem Etwas, das größer ist als wir und das uns Halt und Gewissheit verspricht. Die Erlösung unserer Zerrissenheit, die wir in der Wahrheit schmecken, ist wie eine Befreiung aus den Fesseln unserer Unzulänglichkeit und aus der Vergänglichkeit aller Dinge. Hier bietet die Wahrheit einen Schlüssel, um mit unserer Unsicherheit und Vergänglichkeit fertig zu werden. Deswegen hat heute all das Konjunktur, was Wahrheiten anbietet und überzeugend behauptet wird. Voran die neuen Religionen, die totalitären Sekten und exotische Mystizismen, die das eigene Denken ersparen und Versöhnung vorgaukeln. Im harten Alltag sind andere Wahrheiten gefragt. Da hat all das Erfolg, was Belohnung verspricht: Angepasstheit, Unterwerfung, Mitläufertum und attraktive Fähigkeiten. Und manche suchen ihre Antworten in der Psychoanalyse oder in der Logik von Mathematik, Physik oder Rechtswissenschaft. All diese Annäherungen an die Wahrheit haben ihren Wert. Sie zeigen aber immer nur eine bestimmte Facette von Wahrheit, denn es ist ein Unterschied, ob man von der Wahrheit als abstraktem Prinzip redet oder von der Wahrheit einer konkreten menschlichen Herausforderung.

Dafür bietet Dietrich Bonhoeffer ein eindrückliches Beispiel. Er schildert ein Kind, das sich und seine Familie vor den zudringlichen Fragen seines Lehrers mit einer Lüge schützt. Es verteidigt die Würde seiner Familie. Obwohl es dabei das Falsche sagt, tut es dennoch das Wahre: »Ein Kind wird von seinem Lehrer gefragt, ob es wahr sei, dass sein Vater oft betrunken nach Hause komme. Es ist wahr, aber das Kind verneint es. Es ist durch die Frage des Lehrers in eine Situation gebracht, der es noch nicht gewachsen ist. Es empfindet nur, dass hier ein unberechtigter Einbruch in die Ordnung der Familie erfolgt, den es abwehren muss ... Der Lehrer hat die Wirklichkeit dieser Ordnung missachtet. Das Kind müsste nun in seiner Antwort einen Weg finden, auf dem die Ordnung der Familie und der Schule in gleicher Weise gewahrt bliebe. Es kann das noch nicht, es fehlt ihm die Erfahrung, die Erkenntnis und die Fähigkeit des rechten Ausdrucks. Indem es die Frage des Lehrers einfach verneint, wird die Antwort zwar unwahr, aber sie gibt doch zugleich der Wahrheit Ausdruck, dass die Familie eine Ordnung sui generis ist, in die der Lehrer nicht berechtigt war einzudringen. Man kann zwar die Antwort des Kindes eine Lüge nennen; trotzdem enthält diese Lüge mehr Wahrheit ..., als wenn das Kind die Schwäche seines Vaters vor der Schulklasse preisgegeben hätte. Dem Maße seiner Erkenntnis nach hat das Kind richtig gehandelt. Die Schuld als Lüge fällt allein auf den Lehrer zurück.«[2]

Die Lüge wird hier zur Verteidigung, mit der sich das Kind gegen den Lehrer zur Wehr setzt. Ob in solch einem konkreten Fall die Lüge eine Lüge ist, darüber kann man streiten. Unzählige Geschichten und Märchen, in denen sich Unterlegene, Schwächere gegen die Mächtigeren wehren, bezeugen die Tatsache, dass es eine Frage des sozialen Ranges ist, wer wem welche Fragen stellen darf. Ob das nun Eltern und Kinder, Vorgesetzte und Untergebene, Ärzte und Patienten sind, fest steht: Nicht jeder hat das gleiche Recht, wahrheitsgemäße Rede zu fordern.

Wir alle können in Situationen kommen, in denen wir uns nicht besser zu helfen wissen, als um einer höheren Wahrheit willen, die manchmal Güte, Herzenswärme, Nachsicht oder Liebe heißen mag, formell eine Lüge zu sagen. Denn wichtiger als rationale Erklärungen und universelle Prinzipien ist im Hinblick auf unser Miteinandersein der reale Kontext der jeweiligen Situation. Wahrheit ist nur real als Erfahrung von Wahrheit. Wahrheit ist nur greifbar als Praxis von Wahrheit, eingebettet in den Austausch zwischen Ich und Du, in das gemeinsame Aushandeln dessen, was gilt. Wahrheit ist ein Tätigkeitswort. Und Tätigkeitswörter sind Veränderungen unterworfen.

Lenin postulierte: »Die Wahrheit ist konkret.« Und Dietrich Bonhoeffer erklärt: »Die Wahrheit sagen, bedeutet je nach dem Ort, an dem man sich befindet, etwas Verschiedenes. Es müssen die jeweiligen Verhältnisse bedacht werden. Es muss die Frage gestellt werden, ob und in welcher Weise ein Mensch berechtigt ist, vom anderen die wahrheitsgemäße Rede zu verlangen.«[3] Es ist also unsinnig, die Wahrheitsfrage zu einer Frage der bloßen Gesinnung zu machen, als müsste man überall und um jeden Preis die Wahrheit sagen. Anders gesagt: Man muss sie dem anderen so hinhalten, dass er hineinschlüpfen kann und sie verkraften kann. Was nützt die reine Wahrheit, wenn der andere von seiner Angst her wesensmäßig nicht imstande ist, diese Wahrheit zu ertragen? Und umgekehrt: Was mute ich mir selbst zu? Was kann ich verkraften? Wo schone ich mich aus Selbstsucht oder Feigheit? Wo weiche ich Konflikten aus?

Wahrheit ist mehr als jedes Beispiel und jeder Vergleich, und sie ist bestimmt mehr als jeder moralische Imperativ. Selbst dieses »Mehr« kann sie nicht gänzlich in ihrem Wesen fassen. Der Weg zur Wahrheit kann nur über das Handeln führen, denn Wahrheit, die im Herzen oder in einem Buch verschlossen ist, bleibt unfruchtbar. Wahrheit als Lebenspraxis heißt: sie muss dem Leben zurückgegeben werden, und das können wir nur vollbringen, wenn wir einander unser eigenes Körnchen Wahrheit zeigen und von den Körnchen der Wahrheit der anderen lernen. Wahrheitssuche hieße dann nämlich, dass wir unsere Bedenken und Zweifel, unser Nichtwissen und unsere Hilflosigkeit, unsere Täuschungen und Enttäuschungen eingestehen und damit leben, dass wir die Wahrheit weder kennen noch für uns allein beanspruchen können. Solch eine Haltung schützt auch vor totalitären Ansprüchen – nicht nur gegenüber den äußeren, auch gegenüber den inneren.

Wenn wir die Wahrheit spüren, wenn sie uns ergreift und bis ins Mark erschüttert, verblassen ohnehin jegliche Worte, und es bleibt ein Gefühl von Sprachlosigkeit gegenüber dem Ansinnen, eine solche Erfahrung überhaupt in Worte zu fassen. Künstlerische Vorführungen leben von diesen Segnungen der unmittelbaren Wahrheit, wenn es dem Künstler gelingt, einzutauchen in den unbewussten Strom der Einheit, und er in Übereinstimmung ist mit dem, was er tut. Hören wir zwei Musiker hierzu. Der Dirigent Wilhelm Furtwängler: »Nur wenn das Gesagte im Einklang steht mit eigenem Verständnis, erhält es den richtigen Klang; nur wenn das Gesungene und Gespielte im Einklang steht mit eigenen Gefühlen, erhält es die richtige Form, auf der das Verständnis anderer beruht.«[4] Und der Musiker Peter Bastian: »Man braucht kein Musiker zu sein, um zu wissen, wovon ich rede. Ich erlebe es, dass sich dieser Zustand spontan in meiner alltäglichen Wirklichkeit einstellt. Beim Abwaschen! Plötzlich geht alles wie Ballett, die Teller hören auf zu klirren, die Spülbürste zeichnet unendlich befriedigende Arabesken auf das Porzellan, wie geheime Zeichen, die ich unmittelbar verstehe.«[5]

Nicht nur die Kunst, auch der Alltag bietet viele Beispiele fließender Energie und vollkommener und segensreicher Einheit mit dem, was man tut, die sich wie Wahrheit anfühlen. Aktivitäten, die wohl vorbereitet und geübt sind, Situationen, in denen wir uns ganz hingeben und ohne Reserven unbekümmert füreinander da zu sein wagen, im Gespräch in engen persönlichen Beziehungen, im Bett, beim Musizieren oder am Küchentisch – immer da, wo wir alles geben, was wir zu geben haben. In solchen Momenten ist Wahrheit gleichbedeutend mit Liebe, Einklang, Schönheit – mit dem Gefühl von Vertrauen in das Leben, so dass es frei fließen kann.

Ein weiterer Grund dafür, weshalb sich eine universelle inhaltliche Festlegung von Wahrheit verbietet, ist die Subjektivität der Erkenntnis von Wahrheit. Der Wahrheitssuchende muss *seinen* Weg, *seine* Antworten, *seine* Balance finden, weil es letztlich um ethische Überzeugungen davon geht, wie wir miteinander leben und umgehen wollen und sollen, und darum, wie wir der komplexen Vielfalt menschlichen Verhaltens einen Sinn geben können. Nicht ohne Grund spricht man von der schonungslosen Wahrheit, die im Eins-zu-eins-Bezug zum Faktum letztlich unmenschlich ist. Bonhoeffer bezeichnete eine Wahrheit, die zwar objektiv zutreffend ist, aber menschliches Vertrauen und Gemeinschaft zerstört, als eine »Satanswahrheit«, denn sie verletze und sei ein Zeichen liebloser Verachtung des anderen. In dieser Wahrheit liegt zwar der Anspruch begründet, die ganze Wahrheit zu sein oder zu sagen, aber das Wesen der Tatsachen wird verdorben und der Wert des Mitgefühls aufs Spiel gesetzt. Man denke dabei besonders an das Härteste und Schwierigste im Leben – die Wahrheit im Schmerz oder angesichts des Todes. Schließlich gibt es neben der Wahrheit noch andere Werte, die manchmal vor ihr rangieren müssen.[6] Zwar ist es eine Tatsache, dass häufig aus Feigheit und aus Mangel an Zivilcourage gelogen wird, aber wie häufig werden auch »Wahrheiten« verteilt, weil es an Zartheit, Phantasie, Taktgefühl oder Liebe mangelt? So ist die Äußerung eines jungen Mädchens, die ich einmal aufgeschnappt habe, verständlich: »Es gibt Leute, die lügen einem die Hucke voll, und man findet sie faszinierend und oft besser als andere, die dauernd die Wahrheit sagen.«

Zweifelsfall und Zartheit

»Das Fundament des Mensch-mit-Mensch-Seins ist das Zwiefache und das Eine: der Wunsch jeden Menschens, als das, was er ist, ja was er werden kann, von Menschen bestätigt zu werden, und die dem Menschen eingeborene Fähigkeit, seine Mitmenschen ebenso zu bestätigen«, so schrieb Martin Buber.[1] Die Haltung, die aus dieser Äußerung spricht, scheint mir im Gegensatz zum Geist des egozentrischen »Gestaltgebets« des Frederick Perls »Du bist du und ich bin ich«, oder dem abgehobenen Bhagwan'schen »Ganz entspannt im Hier und Jetzt« eine Richtung aufzuzeigen, Wahrheit und Lüge, von denen bisher so viel die Rede war, in einen größeren Zusammenhang bringen zu können. Wahrheit und Lüge wären demnach eingebettet in ein intuitives Spüren und Wissen um das Eingebundensein und die Schutzbedürftigkeit aller Lebewesen. Zumindest haben wir damit ein Entscheidungskriterium: im Zweifelsfall für die Ethik des Herzens – auch wenn wir dabei möglicherweise irren oder schuldig werden. Oder einfacher gesagt: im Zweifelsfall für die Liebe.

Es gibt keine Wahrheit, es sei denn auf den Menschen hin. Also kann man sie auch nicht zur Sprache bringen, ohne die eigene Herzenssache einzubringen. Für deutsche Ohren und deutschen Ordnungszwang mag das zu verschwommen oder intuitiv klingen, mögen wir Deutschen doch eher genaue Vorschriften und Anweisungen und wollen wissen: »Wie mache ich es richtig?« Die Argumente »Wo kämen wir da hin«, »Wenn das jeder täte«, »Was wäre, wenn ...« und ähnliche Unkenrufe dienen dann nur allzu häufig dazu, nicht begründbare Herzenssachen zu ersticken. Auf seine innere Stimme zu horchen heißt nämlich, nicht definitiv und genau sagen zu können, was zu tun ist und wie man sich verhalten soll. »Das könnte doch ausarten«, so der Volksmund. Auf seine innere Stimme zu horchen könnte aber auch bedeuten, mündig und mutig zu werden und vor allem: sich selbst wahrzunehmen. Einer Ethik des Herzens sind Fürsorge und Sich-Kümmern ebenso selbstverständlich wie die Möglichkeit des Konflikts. Zahlreiche Beispiele aus unserer jüngsten Geschichte haben das bewiesen. Man denke nur an den Judenretter Schindler, dessen listig eingefädelte Befreiungsaktion immerhin 300 jüdischen Frauen das Leben gerettet hat.

Ordnungsdenken will in Kategorien spalten, in Buchstabentreue denken und in Schubladen ordnen. Eine Ethik des Herzens steht quer dazu, denn sie lebt von der inneren Haltung und reagiert auf den situativen Einzelfall. Menschheit und Menschlichkeit können sich nur dort wirklich entfalten, wo wir aufhören, in starren Ge- und Verboten zu denken, wo wir bereit sind, damit zu leben, dass es keine einfachen Verhaltensregeln gibt, die man einfach zu befolgen hätte, dass man die Wahrheit nicht haben kann, sondern sie immer neu finden muss. Solch eine Ethik taugt nicht als moralischer Imperativ. Viel eher hat sie etwas damit zu tun, mit was für einer inneren Einstellung wir der konkreten Situation und dem Einzelfall begegnen, und damit, was jemand konkret vorlebt und was nachgelebt werden kann. Vielleicht entdeckt man dabei ganz einfache Wahrheiten: wie offen das Herz sein kann für Güte, wie oft man anstelle des Herzens eines Menschen eher Gesetze brechen und Ordnungen hintergehen muss und wie wenig es braucht, einander nahe zu sein, wenn man anstelle der Frage »Machst du es richtig?« erst einmal fragt: »Was geht in dir vor?« Das Problem ist, dass wir nicht gelernt haben, die innere Realität unseres Herzens gegen den Druck von außen zu setzen. Vor allem unsere deutsche Erziehung, der es wichtiger ist, dass jemand gehorsam und vor allem pünktlich ist statt eigensinnig und phantasievoll, trägt nicht gerade dazu bei, dass Menschen selbst verantwortbare, situationswache Entscheidungen treffen. Ich denke hier besonders an den Satz: »Wer seinen Sohn liebt, der züchtigt ihn.« Dass Gewaltausübung Liebe genannt wird, hat bei uns eine so lange Tradition, dass diese gewohnte, allzu akzeptierte Lüge nicht mehr auffällt. Wer mit dem Herzen denkt, kann ihn aber nicht gelten lassen und braucht dazu nicht erst pädagogische Forschungsergebnisse um Rat zu fragen. Aber dazu braucht es eben auch den Mut des Herzens, sich über vorgegebene Normen hinwegzusetzen.

Der Begründer der »Ethik des Herzens«, Albert Schweitzer, hat uns das vorgelebt. Es überrascht nicht, dass er ein scharfer Kritiker der Kant'schen Pflichtethik war und seinen Widerspruch vor allem daran entzündete, dass Kant das unmittelbare Mitleid nicht als eine ethische Haltung gelten lassen wollte. Die Grundlage von Schweitzers Haltung war eine Ethik der Ehrfurcht vor dem Leben.

Übertragen wir diese Einstellung auf unser Thema, so drängt sich der altmodische Begriff »Zartheit« auf. Übrigens ein Begriff, den der Soziologe Helmuth Plessner schon 1924 im Zusammenhang mit der Logik der Diplomatie in Verbindung brachte.[2] Zartheit ist der Respekt vor der seelischen Realität des anderen und damit die Tugend des Herzens. Zartheit ist die Fähigkeit der Wahrnehmung von Unterschieden, von Nuancen und das Vermögen zu differenzieren, welche Sprache die Situation, die Personen in ihrem Verhalten und Wesen sprechen. Wir brauchen sie, die Behutsamkeit der helfenden Hände, der Worte und Gedanken. Zartheit ist etwas anderes als Höflichkeit. Es ist die Handreichung von Seele zu Seele. Sie schafft Verbindlichkeit, aber sie bindet nicht. Zartheit ist ein Lichtstrahl der Liebe. Sie ist begründet in der Verletzlichkeit der Seele und abgestimmt auf die individuellen Differenzen in zwischenmenschlichen Situationen. Die sprachgeschichtliche Herkunft des Wortes »zart« untermauert diese Doppelbotschaft. In seiner indogermanischen Wortgeschichte ist »zart« mit »Schmerz«, mit »Schinden« und »die Haut abziehen« verwandt, während es heute so viel wie »lieb, fein, vertraut und teuer« heißt.

Echte Zartheit, die aus dem Herzen kommt, hat etwas mit Ursprünglichkeit und Grazie zu tun. Grazie taucht dort auf, wo wir mit dem Tun des Augenblicks in Einklang sind. In der Musik, beim Schreiben, im Gespräch mit einem anderen, für den wir uns öffnen, beim Laufen. Und haben wir nicht geradezu ein Recht darauf, in unserem Verhalten den Reichtum unseres Herzens spielen zu lassen?

Unsere Einstellung zu Wahrheit und Lüge leidet an einer Überbetonung der Gesinnung und des Gewissens. Aber es wäre unrealistisch, die Wahrheitsfrage zu einer Sache der Gesinnung zu machen, als müsse oder könne man ständig gewissenhaft und gesinnungstreu sein. Man sollte es nicht einmal. Liebe *und* Verantwortung, Herz *und* Verstand sind nötig, um das Spannungsfeld zwischen Wahrheit und Lüge menschlich zu gestalten. Und selbst das Herz verlangt Distanz, Klugheit und Konflikt.

Was bedeutet das nun für den Alltag? Wir alle wissen, dass es nicht möglich ist, einfach das zu sein, was man ist. Wir brauchen Rollen und Masken, denn sie schützen nach außen und wirken nach innen. Um Aufmerksamkeit und Beachtung zu erhalten, müssen wir das Spiel von Verhüllung und den tänzerischen Geist der Anmut beherrschen. Das heißt, einander nahe kommen, ohne zu verletzen; sich voneinander entfernen, ohne zu beleidigen. Im Alltag, wo es nicht um Strenge, um Unerbittlichkeit oder um hochtrabende Werte geht, sondern innerhalb kurzer Zeitspannen um ein möglichst flexibles Jonglieren zwischen den vielen Gelegenheiten, Interessen und Bekanntschaften, gilt es, tänzerischen Geist und die Kunst der verhüllenden Liebenswürdigkeit zu entdecken. Die Flüchtigkeit und die Zufälligkeit alltäglicher Konstellationen, die uns Menschen manchmal in willkürliche Perspektiven und Beleuchtungen rücken und unsere Individualität entstellen oder reduzieren, bedürfen besonderer Wege und Spielregeln. Ohne diesen Schutz an die öffentlichkeit zu gehen ist ein zu großes Wagnis, und nackte Ehrlichkeit wirkt wie Spielverderberei. Wahrheit mag zwar stärker sein als Lüge, aber wir kommen nicht ohne Verstellung oder Verhüllung aus im Kampf um gegenseitige Achtung und Beachtung. Was auf dem Spiel steht, ist unsere menschliche Würde.

Was uns trotzdem niemand abnehmen kann, ist die Frage, ob wir vor unserem inneren Richter bestehen können. Schützen wir uns zu sehr, so besteht die Gefahr, dass wir unkenntlich werden. Zeigen wir uns zu nackt, so besteht die Gefahr der Lächerlichkeit. Wir bedürfen beides: uns um unserer Seele willen möglichst sichtbar machen und dennoch verhüllen und zugleich einen Weg finden, der ein Maximum an Aufrichtigkeit und ein Maximum an Schutz zugleich verbürgt. Das ist ein Weg, der mit dem Eingeständnis beginnen könnte, die Wahrheit weder zu besitzen noch für sich zu beanspruchen. Ein Weg, der einlädt, mit Herz und Verstand daran zu arbeiten, Wahrheiten gemeinsam zu finden.

Schluss: Im Guten leben

Der amerikanische Biologe Gregory Bateson vertritt in seinen Werken zur ökologischen Anthropologie die These, dass es für alles eine optimale Größe gebe, das heißt ein Maß, jenseits dessen alles schädlich sei. Das gelte für Wein, Schokolade, Sport, Schlaf, Sauerstoff und Liebe ebenso wie für die Lüge.

Auf die Frage, ob lügen oder nicht, kann es keine eindeutige Antwort, keine Patentrezepte und keine abschließenden Einsichten geben, an die sich jeder halten kann. Viel wichtiger scheinen mir Gedankenexperimente wie: Welches sind im einen oder anderen Fall die Vorteile, und welches sind die Nachteile? Was gebe ich, und was bekomme ich, wenn ich lüge oder die Wahrheit sage? Welche Erfüllung ist möglich, und um welchen Preis? Die Lüge kann, wenn sie zu weit geht, ins Chaos und in die Katastrophe führen, aber das widerlegt nicht, dass sie eine Form der Anteilnahme am Nächsten und an der Welt ist. Eine Art Stoffwechsel, der sich der Frage nach dem Maß und der Form stellen muss. Das heißt, wie wir uns selbst und andere worüber, warum und wie lange belügen, um ein optimales Gleichgewicht zu erreichen. Eine solche Vision lässt sich nicht auf eine Definition einengen, denn sie hat etwas mit dem zu tun, für das ich kein anderes Wort finden kann als das schlichte »im Guten leben«.

Was heißt das »im Guten leben«? Ein altes sumerisches Sprichwort würde in moderner Übersetzung darauf antworten: »Handle – mach deinem Gott Vergnügen.« Das bedeutet: in Übereinstimmung mit den Augenblicksbedingungen das Notwendige tun. Als Leitmotiv halte ich auch für geeignet: Etwas Gutes bewirken ist wichtiger als Prinzipientreue. Im Licht solchen Tuns ist der Bann der Wiederholungen gebrochen. Das Schlechte von gestern zwingt zu nichts. Jeder neue Tag wird zum ersten einer anderen Geschichte. Und das Gefühl, das sich einstellt, könnte man beschreiben als gelassenen Ernst und Zufriedenheit.

Zwischen der Frage: »Was ist das Richtige?« und »Wie kann ich meinem Gegenüber menschlich begegnen?« besteht ein wesentlicher Unterschied. Orientiert sich nämlich unser Verhalten am Sich-Kümmern um den anderen, sind in jeder Situation viele Möglichkeiten denkbar. Eine Möglichkeit wäre, die nackte Wahrheit zu sagen, wobei die nackte Wahrheit immer irgendwie einer ausgezogenen Frau gleicht und damit ebenso selten wie faszinierend und begehrenswert ist, aber auch so etwas wie eine Ausnahme oder Utopie bleiben wird. Aber es gibt auch noch andere Werte, von denen wir uns leiten lassen können, etwa Güte, Sorgfalt, Herzenswärme, Anteilnahme, Rücksicht, Zartheit oder Schonung, und sie wirken im Alltag oft wesentlich humaner als abstrakte Prinzipien. Es gibt besondere Momente, in denen Angst und Mitleid der Lüge bedürfen. Solche Momente sind Grenzen des Sagbaren. Graham Greene hat eine tröstliche Antwort darauf gegeben, die durchschimmern lässt, dass wir sogar dankbar sein können für den Reichtum, den uns diese Gratwanderung zwischen Lüge und Wahrhaftigkeit beschert: »Die Wahrheit ... ist ein Symbol, dem Mathematiker und Philosophen nachjagen. In den Beziehungen der Menschen untereinander sind Güte und Lügen hundert Wahrheiten wert.«[1]

Wenn unsere Einstellung von Verantwortung für unser Tun und für den anderen getragen ist, dann gibt es viele Möglichkeiten wahrhaftigen Lebens. Wahrhaftigkeit hat mit einer klaren inneren Haltung zu tun, mit einem entschiedenen Verhalten eines Menschen zu sich selbst und damit auch zu den anderen. Sie hat damit zu tun, dass wir Verantwortung für unser Tun und auch für unsere Lügen übernehmen. Manche haben vielleicht Angst, dass mit dieser Einstellung einem grenzenlosen Relativismus das Wort geredet wird, oder sehen darin gar ein Plädoyer für Unaufrichtigkeit. Solche Befürchtungen sind aus der persönlichen Geschichte des einzelnen verständlich und hängen sicher auch damit zusammen, dass wir hierzulande immer genau wissen wollen, was wir tun und lassen sollen. In uns allen gibt es aber auch ein tiefes inneres Wissen um Wahrhaftigkeit, man kann es die »innere Stimme« oder das Gewissen nennen, das – trotz aller Wertkonflikte – eine beschützende innere Instanz darstellt. Und die Fähigkeit zur Unterscheidung zwischen Lüge und Wahrheit ist überhaupt erst die Voraussetzung dafür, dass wir ein Vergnügen an der Lüge entwickeln können. Wenn nämlich alles, was wir tun und sagen, die gleiche Respektabilität besäße, könnten wir die Lust an der Grenzüberschreitung, an dem spielerischen Umgang mit der Wahrheit gar nicht empfinden. In jedem von uns sitzt ein angeborenes moralisches Empfinden, das natürlichen Ursprungs ist – nicht anerzogen, sondern gesellschaftlich geformt. Aus der Kind- und Säuglingsforschung wissen wir, dass schon Säuglinge und Kinder den guten Willen haben, sich fair und mitfühlend zu verhalten. Sie versuchen aus freien Stücken, ihren Eltern zu gefallen. Wenn dieses Verhalten auf guten Boden fällt, entwickelt sich daraus ein ausgeprägter moralischer Sensus. Das heißt, dass in uns allen ein ethisches Empfinden vorhanden ist, wenngleich es häufig in den Schatten von Selbstsucht oder von Konflikten gerät.

Wir brauchen Spielflächen für einen schonungsvollen Umgang mit dem Leben. Lügen und Täuschungen, die unter dem Leitstern der Fürsorge und Einfühlung stehen, wollen auch gelernt sein und brauchen manchmal Demut, wenn es darum geht, die Selbstachtung zu wahren oder die Verletzung einer Person zu verhindern. Die Welt ist viel reicher, als wir glauben, wenn wir die Lebendigkeit des Nichtbewussten als Reichtum erleben, statt sie zu verteufeln. Die Lüge wie auch die Wahrheit sind von unerschöpflicher Vielfalt, so wie die Menschen sind. Dennoch gibt es Spuren und Wegweiser, denen wir alle folgen können, nämlich den Kontakt zum Guten mit der Wahrheit zu verbinden.

Das beste Mittel, Situationen zu bereinigen, ist nach wie vor Wahrhaftigkeit und das Einstehen für die eigene Wahrheit, für die eigene Würde und das eigene Sosein. Wahrhaftigkeit bedeutet nicht, dass man immer alles aussprechen muss, und sie ist auch nicht unüberlegte Spontaneität oder Grobheit. Sie kann durchaus gepaart sein mit Klugheit und Einfühlungsgabe. Wahrhaftigkeit kann man letztlich nur in der Kontemplation erlangen, nicht durch angestrengtes Nachdenken oder komplizierte Denkgebäude, die sich oft als windige Hütten erweisen. Der bessere Weg ist immer eine Art Besinnung oder ein vom Herzen geleitetes Erspüren der Situation. So heißt es etwa im ozeanischen Kulturkreis: »Wenn du wissen willst, wie du die Wahrheit sagen sollst, fang an zu singen.« In diesen alten Kulturen ist man sich seit langem dessen bewusst, dass wahres Leben uns nahelegt, das Herz sprechen zu lassen. Das Herz meint Herzlichkeit, also Liebe zu den Mitmenschen. Zum Schluss möchte ich Albert Camus für mich sprechen lassen: »Seine Grundsätze soll man sich für die wenigen Augenblicke in seinem Leben aufsparen, in denen es auf die Grundsätze ankommt, für das meiste genügt ein wenig Barmherzigkeit.«[2]

Anmerkungen

Lüge – die geschminkte Wahrheit

1 Augustinus, Aurelius, Die Lüge (De mendacio). Gegen die Lüge (Contra mendacium). Kap.4. Abgefasst um 395 beziehungsweise um 420 n. Chr. Übertragen und erläutert von P. Keseling, Würzburg 1953, Nachdruck 1986
2 Vgl. Falkenberg, Gabriel, Lügen. Grundzüge einer Theorie sprachlicher Täuschung. Tübingen 1982, S. 71
3 Vgl. Baruzz, Arno, Philosophie der Lüge. Darmstadt 1996, S. 28
4 Wulffen, Erich, Die Psychologie des Hochstaplers. Leipzig 1923
5 Vgl. Falkenberg, Gabriel, a. a. O., S. 115ff.
6 Busch, Wilhelm, Ausgewählte Werke. Hrg. Ueding G., Stuttgart 1988, S. 472
7 Nietzsche, Friedrich, Also sprach Zarathustra. Von alten und neuen Tafeln, 7
8 Stiegnitz, Peter, Alle Menschen lügen ... wer das Gegenteil behauptet, lügt. Wien 1994

Lüge ist nicht gleich Lüge

1 Vgl. Falkenberg, Gabriel a. a. O., S. 135ff.

Lüge und Bewusstsein

1 Steinbuch, Karl, Automat und Mensch. Berlin 1965, S. 264
2 Depaulo, Bella M., Zuckerman, Miron, Rosenthal, Robert, »Humans as Lie Detectors. In: Journal of Communications. 1980
3 Zit. in: Smullyan, Raymond M., Wie heißt dieses Buch? Eine unterhaltsame Sammlung logischer Rätsel. Braunschweig/Wiesbaden 1981, S. 4
4 Zit. in: Sommer, Volker, Lob der Lüge. Täuschung und Selbstbetrug bei Tier und Mensch. München 1992, S. 127
5 Vgl. Norretranders, Tor, Spüre die Welt. Hamburg 1994, S. 264f

Ausreden

1 Vgl. Snyder, Raymond Higgins, Ausreden. Warum wir sie brauchen. In: Psychologie heute, 12 (19854, S. 23

Droge

1 Sloterdijk, Peter, Weltfremdheit. Frankfurt 1993, S. 127
2 Sloterdijk, Peter, a. a. O., S. 159

Evolution

1 Hinweisen möchte ich hier auf den anregenden Beitrag von Volker Sommer, Lob der Lüge: Täuschung und Selbstbetrug bei Tier und Mensch, München 1992, sowie das ideenreiche Buch »Tarnung und Täuschung bei Tieren und Pflanzen« von Helge Zabka, Hannover 1990.
2 Es wurde 1950 von Merril M. Flood und Melvin Dresher erfunden und später von Albert W. Tucker formalisiert.
3 Den Beweis, dass Egoismus zur Kooperation führen kann, hat Robert Axelrod, ein Politologe aus Michigan, in einem Satz zusammengefasst: »Wechselseitige Kooperation kann auch ohne zentrale Kontrolle in einer Welt von Egoisten entstehen, wenn sie von einer Gruppe von Einzelwesen ausgeht, die auf Zusammenarbeit setzt.« Aus: Hofstaedter, Douglas R., Metamagikum. Kann sich in einer Welt voller Egoisten kooperatives Verhalten entwickeln? In: Spektrum der Wissenschaft, 8/1983, S. 14

Fernsehen

1 Stiegnitz, Peter, Alle Menschen lügen ... wer das Gegenteil behauptet, lügt. Wien 1994, S. 85
2 Ernst, Heiko, Editorial. In: Psychologie Heute. Jg.21, H.4/1994, S. 3

Freundschaft

1 Bachmann, Ingeborg, Die Wahrheit ist dem Menschen zumutbar. München, Zürich 1981

Hermes

1 Lopez-Pedraza, Rafael, Hermes oder die Schule des Schwindelns. Ein neuer Weg in der Psychotherapie. Zürich 1983 (engl.1977), S. 40f
2 Die Anregung zu diesen Ausführungen verdanke ich Allan Guggenbühl. Vgl. Aspekte der Wahrheit. In: Guggenbühl, A., a. a. O., S. 26ff.

Hochstapler

1 Eine ausführliche Darstellung dieser Thematik hat Peter Sloiterdijk geliefert in: »Kritik der zynischen Vernunft«, Bd.2. Frankfurt 1983, S. 849ff.
2 Sloiterdijk, Peter, a. a. O., S. 859
3 Aus: Badische Zeitung vom 20.6.96

Höflichkeit

1 Plack, Arno, Ohne Lüge leben. Zur Situation des Einzelnen in der Gesellschaft. Kulmbach 1976, S. 39
2 Busch, Wilhelm, Wer möchte diesen Erdenball. In: Ausgewählte Werke. Hg. G.Ueding. Stuttgart 1988, S. 472

Intrige

1 Pourroy, Gustav Adolf, Das Prinzip Intrige. Über die gesellschaftliche Funktion eines Übels. Interform 1994

2 Thau, Martin, Intrigen. Heimtücke und Verschlagenheit im Alltag. Bonn 1990, S. 8

Ironie

1 Vgl. Schrattenholzer, Elisabeth, Das Wort und die Tatsachen oder Was nehme ich, wenn ich wahrnehme. Ein Plädoyer für eine entzerrte Wahrnehmung. Wien 1993, S. 125ff.

Kinderlügen

1 Piaget, Jean, Das moralische Urteil beim Kinde. 3. Aufl. Frankfurt 1979

2 Wimmer, Heinz, Gruber, Silvia, Perner, Josef, Young children's conception of lying: Lexical realism – Moral subjectivism. In: Journal of Experimental Child Psychology 37/1984, S. 1–30

3 Vasek, Marie E., Lying as a skill: The development of deception in children. In: Deception: Perspectives on human and nonhuman deceit. Hg. Mitchell R. W., Thompson N. S., New York 1986, S. 289

4 Drewermann, Eugen, Ein Plädoyer für die Lüge oder: vom Unvermögen zur Wahrheit. In: Psychoanalyse und Moraltheologie. Bd.3, S. 208

Klatsch

1 Thiele-Dohrmann, Klaus, Der Charme des Indiskreten. Eine kleine Geschichte des Klatsches. Zürich/Düsseldorf 1995, S. 199

Notlügen

1 Kant, Immanuel, »Über ein vermeintliches Recht, aus Menschenliebe zu lügen«. In: Werke in 6 Bänden. Hrg. Weischedel, W. Wiesbaden 1956 (3.Aufl. Darmstadt 1970), S. 641

2 Schopenhauer, Arthur, Sämtliche Werke, 7 Bände. Hrg. Hübscher A., Bd. 4, S. 222–226

3 Becker, Jurek, Jakob der Lügner. Roman. Berlin – Weimar 1969, Frankfurt 1976

Prahlerei

1 Fellini, Federicio, »Ich bin ein großer Lügner«. Frankfurt 1995

2 Guggenbühl, Allan, Prahlerei als Selbstverzauberung. In: Guggenbühl, A., Kunz, M. et al., Prahlerei Lug und Trug. Zürich 1987, S. 38ff.

3 Guggenbühl, Allan, a. a. O., S. 47

Rituale

1 Aus: Mailat, Maria, Die Hirschkälber am Ende der Karpaten. In: Stäblein, Ruthard, Höflichkeit. Tugend oder schöner Schein. Paris 1991, S. 204 (dt.Übers. 1993)

Rolle

1 Plessner, Helmuth, Soziale Rolle und menschliche Natur. In: Gesammelte Schriften X, Schriften zur Soziologie und Sozialphilosophie. Frankfurt 1985, S. 230
2 Goffmann, Erving, Wir alle spielen Theater. Die Selbstdarstellung im Alltag. (1959) München, Zürich 1985
3 Plessner, Helmuth, a. a. O., S. 235

Spielflächen

1 Eco, Umberto, Der Name der Rose. München 1986
2 Birnbaum, Karl, Die pathologische Lüge. In: Lipmann O., Blaut, P., a. a. O., S. 562

Sprache

1 Als Ursache für diesen Glauben an bloße Worte sieht Arno Plack den Mangel an vitaler Einfühlung, Empathie und leibfeindlicher Erziehung unserer Gesellschaft.
2 aus: Shakespeare, William, Heinrich V., Akt V, Szene 2 (1623) 963
3 Wittgenstein, Ludwig, Tractatus Logico-Philosophicus. (1922)
4 Aus: Kainz, Friedrich, Lügenerscheinungen im Sprachleben. In: Lipmann, O., a. a. O., S. 221

Sprichwörter

1 Der Soziologe Georg Simmel erwähnt in diesem Zusammenhang den Hexenhammer von 1487, der besonders hervorhebt, dass die Teufel von ausgezeichnetem Scharfsinn seien und dass der »dumme Teufel« allenfalls eine humoristische Figur abgebe wegen des Selbstwiderspruches, der in ihm liegt: »Die Teufelei bedarf so sehr der Schlauheit, dass sie sich durch den Mangel derselben selbst aufhebt.« Aus: Simmel, Georg, Zur Psychologie und Soziologie der Lüge. In: 5. Bd. Aufsätze und Abhandlungen 1894 bis 1900. Hrg. Dahme, H.J. und Frisby, D.P. Frankfurt 1992, S. 416

Tod

1 Sloterdijk, Peter, Kritik der zynischen Vernunft, Bd.2. Frankfurt 1983, S. 637
2 Sölle, Dorothee, »Auf der Suche nach der verlorenen Zeit ...« Vortrag am 21.2.1995 in Basel

Urlaubslügen

1 Handke, Peter, Interview in »Der Spiegel« vom 16.4.1990, S. 220–234
2 Popcorn, Faith, Der Popcorn-Report. Trends für die Zukunft. München 1992 (engl. 1991)
3 Zit. in: Guggenbühl, Allan, a. a. O., S. 42

Wahrheit

1 Lévinas, Emmanuel, Die Zeit und der Andere. (1979) Hamburg 1989
2 Bonhoeffer, Dietrich, Ethik. München 1949, S. 286f.
3 Bonhoeffer, Dietrich, a. a. O., S. 286
4 Aus: Norretranders, Tor, Spüre die Welt. Die Wissenschaft des Bewusstseins. Hamburg 1994, S. 378
5 Aus: Norretranders, Tor, a. a. O., S. 382
6 Vgl. Nyberg, David, Lob der Halbwahrheit. Warum wir so manches verschweigen. Chicago, London 1993, dt. Übers. Hamburg 1994, S. 79f.

Zweifelsfall und Zartheit

1 Buber, Martin, Urdistanz und Beziehung. Heidelberg 1960, S. 28
2 Plessner, Helmuth, Grenzen der Gemeinschaft. Eine Kritik des sozialen Radikalismus. (1924) In: Gesammelte Schriften V, Macht und menschliche Natur. Frankfurt 1981, S. 107

Schluss: Im Guten leben

1 Greene, Graham, Das Herz aller Dinge. (1948) dt. Puchheim, W., Frankfurt 1972, S. 526
2 Camus, Albert, Zit. in: Zink, Jörg, Wie wir beten können. Stuttgart 1991, S. 65

Die Deutsche Bibliothek – CIP-Einheitsaufnahme
Tarr Krüger, Irmtraud:
Von der Unmöglichkeit, ohne Lüge zu Leben / Irmtraud Tarr Krüger. –
Zürich : Kreuz, 1997
ISBN 3-268-00199-8
NE: HST

1 2 3 4 5 01 00 99 98 97

Heimatstrasse 25, CH-8008 Zürich, Tel. 01-422 55 53
Umschlaggestaltung: Jürgen Reichert, Stuttgart
Umschlagbild: René Magritte, Die Kunst zu leben

Satz: Jung Satzcentrum, Lahnau
Druck und Bindung: J. Ebner Ulm
ISBN 3 268 00199 8